나를 찾아가는 길

나를 찾아가는 길

이황연 다섯 번째 수필집

정은출판

책을 펴내며

2009년부터 충북대학교 평생교육원 수필창작교실에서 글쓰기 공부를 시작한 게 수필 문학과 인연이 되었다.

김홍은 명예교수의 성심 어린 지도로 2012년 푸른솔문학 신인상을 받고 수필 등단을 하였다.

내 생애에서 문학의 길은 출발이 늦은 편이다.

《인생과 나의 삶》, 《홀로 걷는 새벽길》, 《살아온 세월》, 《지혜롭게 살아가는 세상살이》 등 수필집을 냈지만, 다시 읽어 보면 졸필拙筆이라는 생각을 지울 수 없다.

좋은 글을 쓴다는 게 어렵다는 것을 새삼 느끼게 된다.

수필은 상상으로 쓰이는 소설과 달리 사실에 근거한 필작이다.

수필은 허구가 아니다.

현실 속에서 겪는 자신의 삶과 생각을 써야 한다.

자신의 삶에 관해서 쓰는 글이 수필이다.

내 생각과 경험, 일상생활 속의 사색을 통한 인생의 문제를 쓰게 된다. 바르고 착하고 아름다운 글을 쓰려면 자신의 사상과 삶이 글에 걸맞아야 할 것 같다.

내 삶과 내가 쓰는 글이 서로 다르면 그것은 수필이 아닐 것이다.

아름다운 수필은 진실하고 선량한 작가의 삶에서 나온다.

수필을 쓰면 쓸수록 자신의 삶을 되돌아봐야 하는 이유다.

하루 '만 보 걷기'를 시작한 지 어언 27년 세월이 지났다.

365일 하루도 거르지 않고 만 보 이상을 걷는다는 게 쉽지는 않았다. 사람이 걷는다는 건 운동과 사색을 함께 하는 시간이다. 건강을 유지해 주고 긍정적 사고를 하는 데 도움이 된다.

김홍신 작가는 '인생사용 설명서'에서 이야기했다.

첫째, 오늘도 살아 있게 해 주어서 고맙습니다.

둘째, 오늘 하루도 즐겁게 웃으며 건강하게 살겠습니다.

셋째, 오늘 하루 남을 기쁘게 하고 세상에 조금이라도 보탬이 되겠습니다.

생활 좌우명으로 서너 달만 해보면 자신이 놀랍도록 긍정적으로 변했음을 발견했다고 했다.

우리는 왜 살고 있나요?

불행하기 위해, 슬퍼하기 위해, 아프기 위해, 고통스럽기 위해, 짜증을 내기 위해 살아서는 안 된다. 잘 웃고, 재미있게, 건강하게, 행복하게, 신나게, 세상에 보탬이 되는 사람으로 살아 있어야 한다. 아름다운 글을 쓰기 위해서는 멋진 인생을 살아야 할 것 같다.

2021년 10월 이후 푸른솔문학 카페에 올렸던 글들을 정리하여 다시 수필집을 내게 되었다. 이번 수필집에는 계간지 푸른솔문학, 충북일보, 푸른솔문학회, 청솔바람소리, 충북작가회 레터스, 사단법인 농협, 동인지에도 실렸던 글이 포함되어 있다.

책을 낼 때마다 한결같이 아낌없는 도움을 주시는 정은출판 노용제 대표께 심심한 감사의 말씀 드립니다.

이번 수필집 편찬에 교정을 해 주신 김정분 님께도 고마운 인사 말씀 드립니다.

2023년 3월 30일

서울 돈암동 우거에서 이황연

차 례

차 례

2부 열정과 사랑의 조화

3부 노마드 & 환타지

차 례

4부 가족과 행복

5부 사유와 인생철학

1부

추억과 기억 사이

우리는 우리의 인생을 두 번 살 수가 없다. 그러기에 한순간이라도 인생을 소홀히 보내서는 안 된다. 어제는 이미 가버린 시간이요, 내일이란 아직 오지 아니한 시간이다.

그 청년 바보 의사

한 젊은 의사가 있었다.

유명한 대학 병원에서 근무하거나 명망가나 권위자도 아니었다. 그런데 그가 세상을 떠나자 많은 이들이 그에 대한 추억을 잊지 못하고 그를 그리워하고 있다.

2006년 33살의 나이로 세상을 떠난 군의관의 이야기다.

그가 세상을 떠난 후에 그의 생애를 비로소 책을 만들어냈다. '그 청년 바보 의사' 이야기다.

한국의 젊은이들에게 많은 영향을 끼친 책으로 알려졌다.

새문안교회 장례식장에는 한경직 목사 장례식 후 가장 많은 조문객 인파가 모인 영결식이었다. 사람들은 놀라기 시작했다.

어떤 할아버지는 청년 의사 영정사진 앞에서 말했다.

"나는 이 청년 의사가 근무하던 병원 앞에서 구두를 닦던 사람입니다."

구두를 닦을 일이 없으면서도 괜히 와서 구두를 닦고 돈을 더 많이 주었습니다. 내 손을 만지면서 "할아버지! 춥지 않습니까? 식사는 하셨어요? 할아버지! 외로우시면 하나님 믿으세요. 하나님이 할아버지를 사랑하시거든요." 그러면서 예수님을 소개해 주고 나를 붙들고 기도해 주었습니다.

근무하던 병원에 어린 환자가 입원하였다.

치료를 잘 받고 퇴원하면 선물을 주겠다고 젊은 의사는 약속했다. 어린이 환자는 집안 사정 때문에 몰래 퇴원해 버렸다. 차트를 찾아 어린 환자가 사는 지방의 집을 확인했다.

준비한 선물 꾸러미를 들고 지방까지 다녀오는 바보 같은 의사였다.

영정 앞에서 오열하던 한 아주머니는 말했다.

"나는 의사가 근무하는 병원의 세탁부입니다. 내가 세탁 카트를 끌고 갈 때 이 청년 의사는 나를 그냥 지나치는 법이 없었습니다."

걸음을 멈추고는 "아주머니! 천천히 하셔도 돼요, 요즘 얼굴이 안 좋으시네요. 어디 아프지 않습니까?"

"약도 갖다주고 기도해 주며 사랑을 전해주었습니다."

병원에서 의사들 파업이 일어났다. 그런데 그는 환자들 곁을 떠날 수 없다고 하였다. 다른 의사 동료들로부터 따돌림을 당하면서도 환자 곁을 지키던 바보 같은 의사였다.

사람들이 그를 그리워하는 여러 가지 이유가 있다. 그는 환자에게 성실한 '참의사'이었다는 사실이다. 환자의 마음속까지 들여다보며 그들의 아픔을 헤아리는 진실한 의사였다.

환자의 살이 베일 때 아프겠거니 생각을 할 수는 있다. 하지만 내가 베일 때처럼 아파하기란 쉽지 않은 것이다. 그런데 그 청년 바보 의사는 같이 아파했다.

다른 사람들의 생명을 마치 내 생명처럼 귀하게 여기고 사랑했다. 그를 그리는 또 다른 이유는 환자를 대하던 마음을 가지고 사회인으로 살았기 때문이다.

그는 예수님께 철저히 순종했던 성숙한 그리스도인이었다.

젊은 의사가 한 모든 행위는 박애 정신에 기초한 행동들이었다. 한 인간의 죽음 앞에 자신을 그리워하는 사람이 많다면 성공한 인생이란 말이 있다. 그렇게 본다면 이 젊은 의사는 조금 일찍 우리 곁을 떠났지만, 우리 중 누구도 이루지 못한 성취를 이룬 사람인지도 모른다.

그가 떠난 후에도 그의 삶의 소식이 지금도 소리 없이 수많은 삶을 변화시킨다고 한다. 인생은 이처럼 마지막 순간에 그가 살아왔던 삶의 무게를 볼 수 있다.

마지막 순간에 얼마나 오래 살았느냐는 하나도 중요하지 않다.

사람은 삶의 길이로 말하지 않는다. 엄청난 업적도 가슴을 움직이는 감동을 주지 못한다.

그 청년 바보 의사는 아름다운 삶 자체로 세상에 감동을 남겼다.

만남과 이별

인생은 너와 나의 만남이다.

만남은 나와 너의 관계의 시작이다.

참다운 삶은 참된 사람을 만나는 데서 시작된다.

너와 나의 성실한 만남 속에 인생의 행복이 있다.

언제 어디서 누구를 만나느냐에 따라 인생의 운명도 바뀌는 것이다.

우리 인생에서 만남은 참으로 중요하다.

인생에 여러 가지 축복이 있지만, 그중에 가장 큰 축복은 바로 '만남의 축복'이다.

정채봉 시인은 '처음 마음으로 돌아가라'에서
다섯 가지의 만남을 얘기했다.

생선과 같은 만남, 꽃송이와 같은 만남,
건전지 같은 만남, 지우개 같은 만남, 손수건 같은 만남이다.
그중에 가장 잘못된 만남은 '생선과 같은 만남'이다.

만날수록 비린내가 나고 악취를 풍기기 때문이다.
'꽃송이 같은 만남'은 가장 조심해야 할 만남이라고 했다.
꽃이 피어 있을 때는 예뻐하고 좋아하지만 시들면 바로 버리고 만다.
가장 비천한 만남은 '건전지 같은 만남'이다.
건전지에 힘이 있을 때는 간직하다가도 힘이 다 닳으면 쉽게 버린다.
'지우개 같은 만남'은 가장 시간이 아까운 만남이다.
금방의 만남이 순식간에 지워지기 때문이다.
가장 아름다운 만남은 '손수건 같은 만남'이라고 하였다.
힘이 들 때 땀을 닦아주고 슬플 때는 눈물을 닦아 주는 게 손수건이다.

인생을 살아가면서 누구를 만나느냐에 따라서 그의 운명도 바뀐다. 좋은 배우자, 좋은 친구, 훌륭한 스승을 만나는 것은 큰 축복이다. 인간은 태어나면서부터 죽는 순간까지 수많은 만남을 경험한다.

만남에는 좋은 만남도 있지만, 불행한 만남도 있다. 세상을 산다는 것은 서로가 만나고 헤어지는 인간관계의 연속이다. 누구나 알듯이 만남이 있으면 반드시 헤어짐이 있다.

죽음이 우리를 갈라놓기도 하고, '관계의 끝'이 이별로 이어지기도 한다. 기쁨으로 만났다가 언젠가는 슬픔으로 헤어지는 게 인간의 삶이다. 만남과 이별은 인지상정人之常情이며 인간에게 가장 큰 기쁨과 슬픔을 주는 삶의 진실이다.

이별에는 떠나는 사람과 남는 사람이 있게 마련이다.

흔히 인간은 세상을 떠나며 이름 석 자를 남긴다고 한다.

과연 인간이 세상을 떠나며 이름 석 자만 남기는 것일까?

아름다운 추억과 슬픈 기억, 아쉬움과 그리움, 후회와 한탄….

처음의 만남은 누구에게나 설렘과 환희의 순간이다.

살며시 그러나 떨리는 손으로 잡아보던 첫사랑 연인의 뜨거운 손, 난생처음 사랑의 고백을 하던 순간의 벅찬 감정, 사랑의 약속으로 세상을 다 얻은 듯한 감격과 환희는 만남의 축복이었다.

이별의 빛깔은 참담한 것이다.

일상이 허물어지고 인생이 무너지는 고난의 강이다. 세상이 온통 암흑으로 변하고 더 이상, 한 시도 살 수 없을 것 같은 절망의 구렁이다.

만남과 헤어짐은 기쁨과 슬픔이 교차하며 희망과 좌절로 얼룩지는 인생의 대하 드라마다.

어떤 만남이든 이별 없는 만남은 없다.

우리는 좋은 만남으로 살면서도 아름다운 이별을 준비하며 살아가야 한다.

상대에게 도움을 주는 만남에서 서로 피해를 주지 않고 헤어지는 아름다운 삶을 살아가야 한다.

메기와 미꾸라지

3년째 계속되는 코로나 역병 사태를 바라보며 인생의을 관조觀照해 본다.

인간의 삶은 늘 시련과 함께 하는 과정이다.

코로나 사태도 우리 인생길에 함께 가는 시련으로 받아들여야 할 것 같다. 평탄한 인생의 삶에는 걸작이 나오지 않는다고 했다.

사람은 결핍 그리고 고난과 역경을 극복할 때 성공을 이루어 낼 수 있다. 사람 살아가는 세상에는 언제나 시련이 있게 마련이다. 중요한 것은 그것을 어떻게 받아들이고 대처하느냐가 문제다. 지혜로운 사람은 주어진 시련을 도약의 발판으로 삼지만 어리석은 사람은 실패의 구실로 삼을 따름이다.

유대인들의 정신적 기둥인 탈무드에 나오는 격언이 있다.

"가난한 가정의 아이들 말에 귀를 기울여라. 지혜가 그들에게서 나올 것이다."

유대인들은 전 세계 인구의 0.25%에 불과한데 노벨상 수상자는 3분의 1을 차지할 만큼 뛰어난 인물을 배출하고 있다.

유대인의 성공 비결 중 하나가 부족, 결핍(Lack)에 있다. 유대인들은 부족함을 최고의 선물로 삼아 두뇌 계발을 위한 교육에 집중하여 오늘의 성공을 이루었다. '부족함'은 어떤 이에게는 실패의 핑계가 되지만, 어떤 이에게는 성공의 원인이 되기도 한다.

'부족함 때문에 실패했다'라는 표현을 쓸 것인지, '부족함 때문에 성공했다'라는 표현을 쓰게 될 것인지는 스스로의 선택에 달려 있다.

2,400여 년 전 동양의 성현 맹자께서는 '어려운 상황은 사람을 분발하게 만들지만, 안락한 사람은 결국 죽음에 이르게 한다.'라고 하셨다. 生于憂患 死于安樂

맹자의 가르침은 인간사에만 국한된 것이 아니라 하등 동물 세계에서도 그대로 적응되는 것 같다.

삼성그룹 창업자 이병철 회장이 논에 미꾸라지를 키워 왔는데 몇 번 실패하였다. 미꾸라지 키우는 논에다 메기를 함께 넣어 사육했더니 미꾸라지들이 활기를 되찾고 잘 자랐다는 것이다. 천적이 있는 동물은 스스로 각성하여 점점 강해지고 웬만한 공격은 스스로 이겨낼 수 있는 능력이 길러지는 걸 알 수 있다. '생우우환' 즉, 우환을 극복하기 위해 분발하면 잘살게 된다는 의미다.

프랑스의 '삶은 개구리 요리' 이야기도 시사示唆하는 게 있다.

살아있는 개구리 요리는 손님들 보는 앞에서 만든다고 한다. 이때 물이 너무 뜨거우면 개구리가 펄쩍 튀어 나간다. 그러나 개구리가 가장 좋아하는 온도의 물에 넣어 놓고 매우 약한 불로 물을 점점 데운다.

개구리는 자신이 죽어 가고 있다는 사실도 모르고 있다가 질식해서 죽는다. '사우 안락' 즉, 안락한 환경에 처하면 무기력해져 자신이 죽어 가고 있다는 사실도 모른 채 죽음에 이른다는 뜻이다.

인간의 삶도 크게 다르지 않은 것 같다.

우리나라는 동족상잔의 전쟁 끝에 폐허에서 '한강의 기적'을 이루었다. 경제발전과 산업화, 정치적 민주화를 가장 빠른 기간에 이루어 전 세계 사람들의 부러움을 샀었다.

'생우우환'의 정신 자세로 살아온 결과였다. 그런데 지금 우리의 사회상은 큰 시련의 소용돌이에 빠지고 있는 것 같다.

힘든 일 싫어하고, 노력은 적게 하면서 보수는 많이 받으려 한다. 이기주의적이고 개인주의적인 경향이 점점 심화되고 있다.

사회에는 무상복지, 포퓰리즘이 만연되고 근로정신이 혼미해지고 있다. 지혜로운 사람은 주어진 시련을 '도약의 발판'으로 삼지만, 어리석은 사람은 '실패의 핑곗거리'로 삼는다.

우리나라는 물론이고 전 세계적으로도 나아지지 않는 코로나 사정이 매우 걱정스럽다. 단계적 일상 회복으로 나아가고는 있지만 모두 더 조심하며 살아야겠다.

사그라들 줄 모르는 코로나 변이를 보며, 이 어려운 상황이 우리 모두에게 더 '좋은 기회'라 생각하고 더욱 분발해야 할 것 같다.

명절 차례상

어제 추석 차례를 끝내고 나니 오늘은 평소보다 조용하고 한가로운 기분이다.

코로나 역병이 창궐한 지 3년 만에 옛날 같은 추석 명절을 쇠었다. '사회적 거리두기' 제한을 받지 않고 고향을 찾은 금년 추석이다.

매년 추석이나 설날이 되면 여러 기관마다 차례 상차림에 드는 비용을 조사해 발표한다.

올해 추석의 경우도 차례상 비용을 35개 품목 4인 가족 기준으로 전통시장은 301,000원, 대형마트는 408,402원으로 발표했다.

이들 금액은 송편, 육젓, 소적, 어적, 육탕, 소탕, 어탕, 삼색 나물, 조기구이, 포, 전, 나박김치, 식혜, 대추, 밤, 곶감, 배, 사고, 다식, 강정, 약과, 산자 등의 음식을 포함하여 계산한 것이라고 했다.

이들 보도와 함께 보여주는 차례상은 한 상 가득 온갖 음식이 차려진 그림이다. 한날한시에 온 국민이 똑같은 음식을 먹는다는 것이 의아스럽기도 하다. 그런데 이런 차례 상차림의 역사가 어떻게 생긴 것일까?

유교식 법도의 전범典範인 주자가례朱子家禮를 봐도 과일 채소 포 등으로 크게 분류만 했지, 구체적으로 "밤 놔라" "대추 놔라" 하지는 않았다.

제사를 가가례家家禮라 할 정도로 상차림이나 절차 방법은 지역과 집안마다 다른 전통을 보전하고 있다.

언제부턴가 명절 차례상은 고부간 갈등, 남녀 차별 등 명절 때마다 회자되는 사회 문제의 온상이 되었다. '며느리 잡는 차례상'이라고, 얼굴도 모르는 남편의 조상을 위해 환갑이 넘어서까지 차례상을 차려야 할 때 이들은 '유교 때문에 내가 죽겠다'라고 한탄했다.

추석이 끝난 뒤 분노를 쏟아 내는 아내나 여자들에게 고개를 숙여야 하는 게 요즘 남자들이다.

마침 금년 추석을 앞두고 성균관 유도회 총본부에서 '차례상 표준안'을 마련 발표하였다.

과일 네 종류, 삼색나물, 소고기 적, 김치, 송편 술이 전부다.

이 차례 상에는 전은 없었다.

무엇보다 조상을 기억하는 마음이 가장 중요하다는 것이 유교계의 설명이다. 그동안 명절 상 차리기가 마치 유교의 예법처럼 오해되어 온 것이 사실이다. 조상을 기억하고 가족이 화목한 것이 추석 명절의 가장 큰 뜻이다.

조선 시대 실학자들 집안에서는 이미 차례상 간소화를 실천한 역사도 있다.

유교는 인간관계를 중요시하는 학문이다.

그중에서도 부모와 자식 관계인 효孝를 으뜸으로 여겼다. 자식으로서 부모를 섬기며 봉양하는 것은 인간 된 도리로 마땅히 해야 하는 기본 덕목이다. 물질적 봉양보다는 공손한 정신적 자세를 중시하였다.

이처럼 효도는 부모가 살아 계실 때는 물론, 사망한 후에도 제사라는 의식을 통해 계속 연장 유지됐다.

추석 차례는 매년 음력 8월 15일 조상에게 달과 계절, 해가 바뀌고 찾아옴을 알리고, 그해에 거둔 곡식으로 만든 음식과 햇과일을 올리는 의례다. 현대화된 오늘날 제사는 그 형식과 절차, 시간 등이 간소화되거나 자신들 상황에 맞게 지내야 한다. 그러나 진정한 '효'의 정신과 '조상 숭배' 정신만은 변할 수 없다.

다양한 종교와 다문화 등의 유입으로 우리의 생활은 과거와 너무나 다른 현대를 살고 있다.

금년에 발표한 간소화 된 '차례상 표준(안)'은 우리의 제례 문화가 획기적인 전환점이 될 것 같다.

유학의 경전인 예기禮記에도 큰 예법은 간략해야 한다고 했다.大禮必簡

과일(밤, 대추, 배, 감)과 삼색나물, 구이(적), 물김치, 송편 그리고 술만 올리면 기본 차례상이다. 가족이 합의해 육류와 생선 떡을 추가할 수도 있다. 기본 차례상 마련을 계기로 우리의 제례 문화가 바뀌어야 한다.

'명절 증후군' '남녀 차별' '세대 간 갈등' 등 사회적 부작용이 해소되어야 한다. 차례나 제사는 가족 간의 화목과 조상을 기리는 즐거운 세시풍속이어야 한다.

섣달 그믐날

오늘이 금년 마지막 날이다. 양력으로 섣달그믐인 셈이다.

일기장을 떠들어 보니 금년 정원 초하룻날은 영하 9도의 쌀쌀한 날씨였다. 아침 일찍 집을 나서 걷기 시작했다. 창경궁 비원 앞을 지나 삼청동까지 1만 보 이상을 걸었다. 올해도 365일 빠짐없이 '만 보 걷기'를 다짐하며 공원 벤치에 앉아 휴식을 취했다.

금년 정월 초하룻날 거실 벽에 걸렸던 두툼한 달력이 달랑 한 장 남았다. 한 장 남은 종잇장도 오늘 떼어낸다고 생각하니 찹찹한 기분이 든다.

올 한 해도 코로나바이러스 창궐과 추가 방역 조치로 인해 인고忍苦의 세월을 살아왔다. 연말에는 각종 모임이 취소되고 모이기가 어려운 만큼, 서너 명이라도 모이면 그 정은 어느 때보다도 각별했다.

한 해 끝자락에서 지나온 세월을 반추하며 환담 한 시간은 행복했다. 즐거웠던 일, 서글펐던 사연, 고통스러웠던 나날을 회상하며 소주잔을 기울인다.

일 년이라는 세월의 칸막이 속에서 살아오며 참소리 헛소리하는 동안 시간이 화살처럼 지나간 것 같다.

어느덧 자리에서 일어나 헤어져야 할 순간이다. 아무리 즐거운 만남이었어도 어쩐지 헤어지기가 서운하게 느껴진다. 서글프고 허전한 마음은 누구나 마찬가지다.

이 서러운 마음은 어디서 오는 것일까?

세상 다른 일과 마찬가지로 그 즐거웠던 모임도 영원히 유지되지 못할 것임을 알기 때문이다. 아무리 귀한 만남도 시간 속에서 풍화되기 때문이다.

춘추전국시대 위나라의 대부인 거백옥이 한 말은 후세들의 칭찬을 받고 있다.

'나이 오십에 지난 마흔아홉 해가 잘못된 것을 알았다. 하지만 어찌 나이 오십에만 그러하겠는가?

해마다 생각해 보면 지난해가 잘못된 것을 알고도 이듬해도 다시 되풀이한다. 날마다 생각해봐도 어제가 잘못인데 내일이면 또 반복한다. 이 슬프고 쓸쓸한 감정은 노년이나 연말이 되면 더 심해진다. 누가 백 살을 살 수 있으리오.

지난날은 멀고, 올 날은 짧으며 올라가는 기세는 더디고 내려오는 기세는 빠른 법이다.'

조선조 후기 문신 오광운의 시문집에 있는 '약산만고'藥山漫稿의 일부다.

미국 정치가이고 사상가이며 피뢰침을 발명한 과학자이기도 한 벤저민 프랭클린(1706~1790)은 이렇게 말했다.

"만일 네가 네 인생을 사랑한다면 네 시간을 사랑하여라. 왜냐하면 인생은 시간으로 구성되어 있기 때문이다."

생명은 곧 시간이기 때문에 시간을 낭비하는 것은 생명을 낭비하는 것이다.

옛사람들은 시간을 황금이라고도 말했다.

세월은 누구에게나 주어지는 인생의 자본이다.

오늘 우리에게 허락된 시간을 헛되이 보내서는 안 된다.

시간이라는 자본을 잘 활용했느냐 여부에 따라 인생의 성패가 좌우된다.

오늘 주어진 하루를 충실하게 가꾸어야 한다.

우리가 살 수 있는 시간은 많은 것이 아니다.

시간은 돈으로도 살 수 없는 황금 이상의 것이다.

돈은 없다가도 벌면 또 생기지만 시간은 영원히 돌아오지 않는다.

우리는 우리의 인생을 두 번 살 수가 없다. 그러기에 한순간이라도 인생을 소홀히 보내서는 안 된다. 어제는 이미 가버린 시간이요, 내일이란 아직 오지 아니한 시간이다.

내 앞에 존재하는 것은 오직 오늘이라는 시간뿐이다.

오늘이라는 시간은 두 번 다시 오지 않는다. 그러기에 오늘 지금, 이 순간을 선물(Present)이라 하지 않는가.

가는 해가 쓸쓸하고 노년이 서러운 건 시간의 상실감과 인생살이 아쉬움 때문일 것이다.

설날

2023년 계묘년 설날이 얼마 남지 않았다.

어린 시절 설날 풍경과 정서를 생생하게 묘사한 노래가 있다.

옛날 겪었던 꿈만 같던 설날을 생각나게 하는 동요다.

1924년 윤극영 작사 작곡 '설날' 동요로, 언제 들어도 아련한 추억이 떠오른다.

백여 년 전 나온 노래지만 동요는 연면히 이어지고 있다.

그 시절의 아름답고 정감이 어린 설날 감정을 불러온다.

1. 까치까치 설날은 어저께고요/ 우리우리 설날은 오늘이래요
   곱고 고운 댕기도 내가 드리고/ 새로 사 온 신발도 내가 신어요.
2. 우리 언니 저고리 노랑 저고리/ 우리 동생 저고리 색동저고리
   아버지와 어머니 호사하시고/ 우리들의 절 받기 좋아하셔요.
3. 우리 집 뒤뜰에는 널을 놓고서/ 상들이고 잣 까고 호두 까면서
   언니하고 정답게 널을 뛰~고/ 나는 나는 정말로 참말 좋아요
4. 무서웠던 아버지 순해지시고/ 우리우리 내 동생 울지 않아요.
   이집 저집 윷놀이 널뛰는 소리/ 나는나는 설날이 참말 좋아요

우리에게 정겹고 익숙한 설날을 상징하는 잊을 수 없는 노래다.

세월 가며 올해도 어김없이 설날이 다가온다.

시장과 마트에는 인파가 출렁이고 길가는 행인들 발걸음도 총총댄다.

설날 하면 떠오르는 것이 한둘이 아니다.

모처럼 일가친척들이 한자리에 모여 조상을 추모한다. 맛있는 음식을 먹으며 한해의 덕담과 함께 정을 나눈다. 특히 많은 음식 중에 설날 으뜸가는 음식은 떡국이다.

떡국의 유래도 많은 속설이 등장한다.

흰떡은 '장수長壽'를 뜻하고, '엽전' 모양으로 잘라 금전적 여유로움을 챙긴다. 떡국을 먹음으로써 한해를 인정하고 한 살을 더 먹는다고 했다.

까치설날을 우리는 작은 설날이라 했고 섣달그믐날을 의미했다. 그믐날 밤 등잔불을 환하게 켜놓고 정월 초하루를 맞는 풍습이었다.

까치설날 잠을 자면 눈썹이 하얘진다는 말에 겁을 먹던 어린 시절 추억이 있다.

널뛰기와 그네타기 연날리기는 대표적인 전통 놀이였다. 윷놀이와 제기차기 팽이치기도 빼놓을 수 없는 설날 놀이이었다.

우리 민족의 명절 '설날'도 수난의 역사가 있다.

설날은 한 해의 첫날을 기리는 명절이다.

우리 조상들은 오랜 옛날부터 전통적인 음력 설을 쇠어왔다.

일제 강점기인 1896년 정부는 음력을 폐지하고 양력설(신정)을 쇠게 했다. 그러나 조상 대대로 이어져 온 설(구정) 전통은 사라지지 않았다.

1989년 전통 민속문화를 계승 발전시키기 위해 '민속의 날'이 법제화되었다. 음력 1월 1일을 '설날'로 정하고 법정 공휴일이 된 것이다.

세월 따라 우리의 풍속과 문화도 많이 바뀌고 있다. 더구나 3년여 계속된 '코로나 팬데믹'은 명절 풍속을 크게 흔들어 놓고 있다.

이제는 설 명절에 고향을 가도 옛날의 정취를 찾아볼 수가 없다.

고향을 찾는 사람도 많지 않고 동네 어른들께 세배하는 풍습도 사라지고 있다. 한복을 입은 사람들도 드물고 산에 가 술잔을 올리는 풍경도 보기 드물다.

설날 저녁나절 뒷동산에 올라 연을 날리던 소년들도 보이지 않는다. 동네 고샅을 지나 넓은 마당에서 널을 뛰던 아낙네들은 모두 어디로 간 걸까.

밤새가며 윷놀이하며 흥을 돋우던 그 어른들 모습도 사라졌다.

그 옛날 동네를 가득 메우던 사람들은 다 어디로 갔는지…. 그때 어른들은 연세가 들어 모두 유명을 달리하셨다.

아이들은 중년을 넘어 노년기에 들어 그 시절을 회상한다. 그 시절은 제대로 입지도 먹지도 못하던 힘든 세월이었다. 그래도 정이 오가며 사람 내음이 나던 평화롭고 행복한 시절이었다.

우리 마음속에는 늘 아름답고 그리운 추억으로 남아 있다.
노년에 맞는 설 명절에는 서러움도 따라오는 것 같다.

아일라

6·25 한국 전쟁은 우리 민족 최대의 비극이었다. 다 끝나지 않은 전쟁은 아직도 휴전 상태로 70년 넘게 이어지고 있다.

대다수가 전후 세대라 전쟁을 경험하지 못한 국민은 그 참상을 이해하기 힘들 것이다. 역사의 교훈을 아는 민족은 수난의 역사를 되풀이하지 않는다고 한다.

한국 전쟁 때 병력을 보내 우리를 도와준 '참전 16개국'이 있다. 자유와 평화를 위해 파병했던 참전 16개국은 우리의 우방이자 혈맹이다.

미국 영국 캐나다 다음으로 많은 병력을 보냈던 터키는 우리와 형제 국가라고 하였다. 터키는 2002년 월드컵 축구에서 우리와 3, 4위전 게임을 했다.

게임을 마치고 양국 선수들이 어깨를 나란히 하고 관중석에 인사할 때 터키 국민은 눈시울을 적셨다고 한다.

한국 사람들이 태극기와 터키 국기를 함께 내거는 것을 본 터키 대통령은 한국 응원단을 잊지 못한다고 했다.

한국 전쟁에 참전했던 한 터키 병사가 죽음의 전쟁터에서 한 소녀를 구해 내고 돌보는 전쟁 실화 '아일라'라는 영화가 있다.

칠흑 같은 어둠 속에 들려오는 울음소리….

한국 전쟁에 파병된 터키군 병사 술레이만 하사….

술레이만은 소리를 따라 다가가 쌓여있는 시체 더미에서 울고 있는 5세 소녀를 발견한다. 큰 충격으로 말을 잃은 아이에게 술레이만은 "아일라"라는 이름을 지어 준다.(터키어로 달이라는 뜻)

"라일라" 터키어로 달, 얼굴이 달처럼 동그랗고 달빛에서 찾은 아이였다. 라일라는 술레이만을 바라보며 잠시도 그의 곁을 떠나지 않았다.

어린아이를 데리고 전쟁을 치를 수 없는 상황에서 술라이만은 라일라를 한국 정부에 넘기라는 압박을 받기도 했다. 그러나 필사적으로 전투에 임하면서 동시에 아일라를 지켜내는 슐라이만. 전투 중에 부상한 그는 한국 정부로부터 훈장을 받았고, 고아 소녀가 부모를 찾을 때까지 아이를 맡을 수 있도록 허락을 받게 되었다.

전쟁고아 소녀 라일라에게 슐라이만은 아버지 그 이상의 존재였다.

전쟁의 어둠 속에서 아일라는 예쁜 인형처럼 재롱을 떨며, 터키 부대에 기쁨을 안겨 주는 달빛 같은 존재였다.

술레이만의 정성과 전우들의 협조로 잃었던 말문도 열어 실어증도 치유되었다. 어떻게 전쟁 중이던 외국 군인들 사이에서 어린 한국 소녀가 함께 지낼 수 있었는지 믿기지 않는 이야기다. 이것이 실화라는 사실이 더욱 놀랍기만하다.

영화보다 더 비현실적인 것이 현실이고, 인생인 것 같다.

휴전되고 슐레이만은 한국에 이제는 머무를 수 없게 되었다. 라일라를 터키로 데려가려고 갖은 노력을 했지만, 모두 실패하고 한국을 떠나게 되었다.

"아빠가 약속 하나 할게. 꼭 다시 돌아올게. 같이 행복하게 살자…."

터키 병사는 전쟁고아 소녀에게 다짐했다.

고국에 돌아간 술레이만은 결혼하게 되고, 아내의 도움으로 터키군이 세운 '앙카라 보육원'에 맡겼던 아이를 찾으려 한다.

술레이만은 온통 아이라 생각뿐이었고 그녀를 찾기 위해 평생을 보냈다.

영화 중간에 나오는 한국의 아름다운 풍경과 배경음악 '아리랑'은 가슴에 뭉클한 감동을 준다.

전쟁고아 소녀를 사랑으로 보살피던 터키 군인들의 마음이 너무 따뜻하게 느껴진다.

술레이만은 아일라를 생각하며 하루하루 눈물 속에 살아가고, 아일라를 찾기 전에는 죽을 수 없다고 생각했다.

이 소식이 알려지자 터키 방송국과 한국 방송국의 노력으로 어린 시절 '아일라'이었던, 김은자 씨를 찾게 된다.

2010년 서울 앙카라 공원에서 두 사람은 60년 만의 재회를 한다. 부둥켜안고 우는 슐레이만과 아일라의 상봉은 눈물의 바다였다.

60년 전 사진을 고이 간직하고 있던 두 사람의 만남은 가슴 뭉클했고 형제의 나라 터키에 대해 다시 생각하게 된다.

국경과 세월을 뛰어넘는 사랑은 더욱 큰 감동을 준다. 우리의 아픈 역사 6·25 한국 전쟁…. 참전국 우방들과 많은 사람의 희생으로 우리는 오늘의 자유와 평화를 누리고 있다.

역사의 교훈을 잊으면 수난의 역사를 다시 쓰게 된다.

약속

이 세상에 숨을 쉬고 사는 수많은 동물 중에 인간만이 약속하고 살아간다.

약속이란 다른 사람과 어디서 무엇을 어떻게 할 것인가를 정하는 행위다. 약속은 깨라고 있는 것이 아니라 지키라고 있는 것이지만, 깨질 가능성이 있는 것이 약속이기도 하다.

일상생활에서 친한 사람 등과 만나기 위해 하는 약속이 대부분이다. 별거 아닌 약속이라도 어기면 다른 사람의 신뢰를 잃게 되므로 약속은 꼭 지켜야 한다. 인간만이 약속하고 세상을 살아간다. 그 약속을 지키지 않을 때 불신이 깊어지고 인간사회는 병들어 간다.

철학자 니체는 '인간은 약속을 할 수 있는 동물'이라고 말했다.

인간이기에 약속을 할 수 있고 또 지킬 수도 있는 것이다. 약속을 한다는 것은 자기가 한 말에 대하여 책임을 지는 것이다. 책임을 진다는 것은 신용을 지키는 것이고, 거짓말을 하지 않는 것이며, 양심을 속이지 않는다는 의미다.

약속은 명예와 신의를 전제로 하는 것이므로 반드시 지켜야 한다.

누구나 약속은 지켜야 하지만 특히 어른이 아이들에게 하는 약속만큼은 어김없이 지켜야 한다.

아이들에게 한 약속을 지키지 않는다면, 어른이 아이들에게 거짓말하는 방법을 가르치는 셈이다.

어른들은 작은 약속일수록 하찮게 생각하고 무시하는 경향이 있다. 하지만 아이들의 입장에서 본다면 어른들이 하찮게 생각하는 것이 더 소중한 것이 될 수도 있는 것이다.

아무리 작은 약속이라도 아이들에게는 기다림이요 희망이라는 걸 우리의 어린 시절을 돌아보면 알 수 있다.

도산 안창호 선생이 독립운동을 할 때 이야기다.

그는 친척 집 어린이에게 내일모레 과자를 사 주겠다고 약속을 하였다. 그 약속을 지키기 위해 과자 봉지를 들고 어린이를 찾아가는데 일본 경찰이 미행하고 있었다.

도산은 일경이 미행하는 것을 알고도 어린이와의 약속을 지키기 위해서 친척 집에 갔다가 잡혀서, 감옥살이하게 되었고 결국은 옥사를 하였다.

도산은 그런 정직한 정신으로 독립운동을 하였기 때문에 지금, 이 순간까지도 '우리 민족의 가슴' 속에 살아있다.

인간은 살아 있을 때 어떤 감투를 썼느냐가 중요하지 않고 어떻게 살았느냐가 더 중요하며 그에 따라 평가를 받는다.

현대 사회를 계약 사회라고 한다. 계약 사회는 상호 약속 이행을 기본원리로 삼는다. 약속을 지키지 않을 때, 불신 풍조가 만연하여 계약 사회는 무너지게 된다.

약속은 인간 생활의 계명誡命이며, 사회생활의 기본 윤리다. 그러므로 약속에는 강한 구속과 의무감이 따른다.

동양의 성현 공자는 일찍이 무신불립無信不立 철리를 역설하였다.

인간이 살아가는 데 가장 중요한 두 가지 요소가 있는데, 먹는食 것과 믿는信 것이다.

먹는 것과 믿는 것 중 어느 것이 더 중요할까?

대부분 사람은 식食이라 생각했지만 공자는 신信이 먼저라고 하였다. 사람 사이에 믿음이 사라지면 그 사회는 깨진다.

국가의 존립 근거를 위정자와 국민 간의 신의 관계로 보았다.

국정을 책임지는 대통령은 국민의 행복을 보장하기 위해 나라를 잘 다스리겠다는 '약속'을 하고 나라 살림을 책임지는 것이다.

국정 책임자와 국민 관계의 근본은 약속과 신의다. 신의는 작은 약속으로부터 쌓이는 것이다. 약속을 지킬 때 서로 믿을 수 있고, 사랑할 수 있고, 서로 도울 수 있으며 서로 단결할 수 있다.

우리나라 사람들 80%가 타인을 못 믿는다는 조사 결과가 있다. OECD 국가 중 최고의 수치라고 한다. 내가 어려울 때 의지할 곳이 있는가의 물음에 OECD 국가 중 한국 사람이 최하위로 조사된 통계도 있다. 왜 이렇게 우리나라 사람들은 서로 못 믿는 불신 사회에서 살게 되었을까?

많은 책임은 정치 지도자들에게 있을 것이다.

높은 사람이 식언하면, 모방 심리의 현상에 의해서 서민들도 따라서 거짓말을 하고도 죄의식을 느끼지 않는다.

인간만이 약속하고 살지만, 그 약속을 지키지 않을 때 불신이 깊어지고 그 사회는 병이 깊어진다.

어머니와 설날

어느덧 내일이면 또 새로운 한 해를 맞는 임인 년 설날이다.

설날이 빨리 오기를 목 놓아 기다리던 어린 시절 추억이 지금도 아련하다.

설 전날을 '작은 설날'이라며 어릴 때는 설날을 손꼽아 기다렸다.

오늘 아내는 설 제수를 준비하러 큰아들네 집으로 갔다. 아내마저 집을 비우니 집안이 텅 빈 것 같고 고요하다.

거실 창문을 뚫고 들어오는 맑은 겨울 햇살에 봄빛이 묻어 있는 듯하다.

설날을 앞두고 있으니 옛날 고향 마을과 돌아가신 어머니 생각이 문득 떠오른다.

어머니는 가문 좋은 양반댁 막내딸로 태어나서 반듯하고 조순하게 가풍을 익힌 규수였다고 아버지는 생전에 말씀하셨다.

맞선도 보지 않고 세 살 나이 어린 아버지에게 시집와 초례청에서 얼굴을 처음 보았다고 웃으시던 어머니 생전 모습을 지금도 잊을 수가 없다.

양가 가문만 따져 보고 어른들끼리 정한 그 시대의 결혼이었다.

일도 많고 식구도 많은 농촌 종갓집 맏며느리로 한평생을 살다가 가신 분이시다. 다섯 남매 맏이인 내가 어려서부터 보아온 어머니의 생애는 말 그대로 인고忍苦의 세월을 사신 것 같다.

시부모에 삼남 이녀 자식들, 두 시누이와 두 시동생 뒷바라지까지 하시며 대가족을 이끄셨다.

대종가 집안의 농촌 생활이란 늘 분주하고 일이 끊이지 않는 어수선한 환경이다. 논 밭농사는 말할 것 없고 봄여름에 누에치고, 목화 따서 길쌈하고, 콩 갈아 두부 쑤고, 메주 쒀서 장 담그고, 땡감 따서 곶감치고, 배추 절여 김장하고, 호박고지 무말랭이 넉넉하게 말려 둔다.

찹쌀 쪄서 술 담가 노릇하게 익어지면 용수 박아 제일 먼저 조상을 위한 제주부터 봉해 둔다.

시아버지 반주 거리 맑은 술로 떠낸 다음 청수 붓고 휘휘 저어 막걸리로 걸러 내서 들 일하는 일꾼들에게 새참으로 내보낸다.

동지섣달 긴긴밤에 시어머니와 물레 돌려 실을 뽑아 베틀 위에 걸어 놓고 무명 짜던 어머니 모습이 지금도 눈에 어른거린다.

하품 한번 제대로 못 하시고 졸고 있는 등잔불 밑에 바늘귀를 겨우 꿰어 무거운 눈을 올려 뜨고 한 땀 한 땀 꿰매시던, 어머니 바느질 하시던 모습이 아련하게 떠오른다.

학식 높고 엄격하신 시아버지 사랑방에 사시사철 끊임없는 손님 접대가 너무 힘겨워 보였다. 설날 추석 차례는 물론 사대봉사 제사들은 여남은 번 족히 되니 제사상도 만만치 않아 보였다.

식구들은 많다 해도 어머니 거들 사람 거의 없고 여자라곤 부엌일 돕던 '숙이'와 상전 같던 시어머니뿐이다.

토끼 같던 자식들은 귀여워할 새도 없이 어느 틈에 자랐는지 모두 떠나갔다. 자식들 떠나간 안채 사랑채 육간대청 너른 집에 산비둘기처럼 부모님 두 분만 외로이 남으셨다.

가뭄에 콩이 나듯이 찾아오는 자식 손자들 그날 왔다 그날 가기 일쑤다.

명절 때나 큰일 때면 객지 사는 자식들이 어린 것들 앞세우고 하나둘씩 모여들면 절간 같던 집안에서 웃음꽃이 피어났다.

하루 이틀 묵었다가 제집으로 돌아갈 땐 푸성귀에 마른 나물, 간장 된장 양념까지 더 못 퍼줘서 서운하셨던 어머니시다.

손톱 발톱 길새 없이 자식들을 거두다가 허리 굽고 늙어 버린 부모님. 속절없는 어머니 한평생은 부귀영화 보려 한 것도, 늙어 효도 받으려 하신 것도 아니었다. 어머니 꿈에라도 그런 생각 없으셨다.

고희 미수 다 지나가고 북망산에 묻힐 채비, 늦기 전에 해 두려고 윤달 든 해 손 없는 날이라며 대청마루에 펼쳐 놓고 수의 짓던 어머니 생각하면 지금도 가슴 저린다.

아버지 먼저 돌아가시고 고향 집에서 어머니와 나 둘이서 보낸 몇 년 동안 세월은 지금도 생각하면 꿈만 같다.

서산마루 해지듯이 새벽 별빛 바래듯이 잦아들 듯 스러지듯 흔적 없이 떠나가신 가련한 우리 어머니시다.

'작은 설날' 떠오르는 그리운 어머니다.

오월과 어머니

피천득 교수의 '오월'이란 작품엔 이런 말이 나온다.

오월은 금방 찬물로 세수를 한 스물한 살 청신한 얼굴이다.

오월은 앵두와 어린 딸기의 달이요, 오월은 모란의 달이다. 그러나 오월은 무엇보다 신록의 달이다.

'코로나엔데믹' 소식과 더불어 이렇게 사랑스러운 오월이 성큼 우리 곁에 다가왔다.

오월은 신록의 계절, 계절의 여왕, 가정의 달이기도 하다. 오월의 신록을 대하고 있으면, 신록은 먼저 나의 눈을 씻고, 나의 머리를 씻고, 가슴을 씻고, 다음에 나의 마음 구석구석을 씻어 내는 것 같다.

이 세상 어느 누구에나 어머니는 계시다. 젊은이 건 나이 든 어른이건 어느 누구에나 부르면 눈물이 나는 이름 어머니!

눈에 흙이 들어가도 부르고 싶고 안기고 싶은 사람 어머니!

오월이면 유독 많이 보고 싶고 생각나는 어머니다.

어린이날, 어버이날, 스승의 날, 부부의날….
오월은 가정의 날이고 가족의 날이며 축제의 달 같다.

언제부턴가 어버이날에는 자녀들이 부모를 위해 축하를 하는 연례 행사가 새로운 풍속으로 자리를 잡고 있다.

우리 내외도 어버이날을 맞아 온 가족들이 모여 즐겁고 유쾌한 시간을 가졌다.

푸짐한 만찬에 과분한 선물과 카네이션꽃도 받았다.

가정과 가족의 소중함을 확인하는 즐거운 하루였다.

축제가 끝나고 아이들이 모두 떠나고 난 집안이 고요한 정적 속에 잠긴다.

거실 창밖을 바라보니 도심의 야경이 휘황찬란하다.

눈을 감고 회상해 보니 아련한 추억 속에 십여 년 전 돌아가신 어머니 모습이 문득 떠오른다.

그날도 아침 일찍 집을 나서 운동을 하러 지하철역으로 가는 중이었다. 도봉실버센터 간병인에게서 전화가 걸려왔다. 어머니가 위독하시다는 것이다. 어제 오후에 뵈었을 때도 내 손을 잡고 어머니는 고향 이야기를 하셨다.

허둥지둥 급하게 달려가 임종실로 들어섰다. 어머니는 반드시 누워 눈을 감고 평화롭게 잠이 든 듯 보였다.

손을 잡고 "어머니!" 불러 보았지만, 대답이 없으시다. 얼굴을 맞대보니 따스한 온기가 그대로다. 어머니는 이미 영면永眠한 것이다.

아무런 말씀도 없이….

그 순간의 비통한 감정은 평생 내 가슴에 못을 박고 있다.

돌아가신 어머니를 생각하는 순간 오늘 자식들로부터 받은 행복감이 슬픈 감정으로 변하는 것 같았다. 그리고 슬픈 추억이 하나 더 떠오르는 것이다. 객지 생활을 하지 않고 늘 어머니 곁에 살던 내가 군에 입대하였을 때다.

일 년여 만에 첫 휴가를 얻어 집에 와 어머니를 뵈니 와락 나를 껴안고 우셨다.

내 군복 소매 위에 어머니 눈물이 떨어지고 있었다. 내 팔뚝을 적시던 어머니의 뜨겁던 눈물 감촉이 아직도 따스한 것 같다.

눈시울이 뜨거워져 TV 리모콘을 눌렀다.

인간의 생명이 태어나서 제일 먼저 배우는 말이 '엄마'고 맘마다. 태어나서 제일 먼저 보는 것도 엄마의 눈동자다.

이 세상에 어머니보다 위대한 스승은 없다. 역사적인 인물 뒤에는 끊임없이 사랑을 베풀어 주시는 훌륭한 어머니가 있다. 신을 대신하는 이름의 어머니는 끝없는 사랑으로 인간을 만드는 스승이다.

제2차 세계대전을 승리로 이끈 '윈스턴 처칠'이 세계적인 인물로 부상했을 때 영국의 한 신문사가 기사를 실었다.

유치원부터 대학까지 처칠을 가르친 교사들을 전수 조사해서 '위대한 스승'이라는 특집을 낸 것이다.

그 기사를 읽은 처칠은 자신의 마음을 담은 짤막한 편지 한 통을 보냈다.

'귀 신문사에서는 나의 가장 위대한 스승을 찾아내지 못했습니다. 그분은 바로 나의 어머니 십니다. 어머니는 제 인생의 나침판이었습니다.'

한 사람의 어진 어머니는 백 사람의 교사에 견줄 만하다는 말이 있다.

한 인간이 형성되기까지에는 그 그늘에 어머니의 사랑과 희생이 따라야 한다. 맹자의 어머니가 자식의 교육을 위해 집을 세 번이나 옮겨 다녔다는 고사도 어머니의 슬기로움을 말해 주고 있다.

어머니는 우리 생명의 언덕이고 뿌리이기 때문에 기대고 싶은 것인가?

늙어가면서도 문득문득 생각나는 '어머니'라는 단어가 한없이 불러보고 싶은 오월이다.

육이오(6·25)의 노래

100세를 넘긴 노철 학자 김형석 명예교수가 '100년 산책'에 쓴 글이 무척 인상적이고 잔잔한 감동을 준다.

큰딸이 1960년대에 미국으로 유학을 갔다.

대학 기숙사에 머물고 있을 때 근처에 있는 교회로부터 초청장을 받았다.

외국 유학생들을 위한 저녁 파티에 참석해 달라는 초대였다.

몸매가 작고 어려 보이는 여학생이 한복을 곱게 차려입고 참석을 하였다. 한국 학생은 혼자뿐이었고 자기소개 시간에 인사하였다.

오십 대 후반으로 보이는 한 부인이 옆자리로 다가와 '한국 유학생 ㅇㅇㅇ'이냐고 물었다. 한국 여학생이 있다는 연락을 받고 찾아왔다면서 미소를 지었다.

그 부인은 시종 여학생의 모습을 살피면서 한국에 대한 여러 가지 질문을 하고, 친절과 사랑이 넘치는 후의를 베풀어 주었다.

파티가 모두 끝나게 되었을 때, "우리 집으로 초대하고 싶은데 올 수 있으면 감사하겠다."라는 얘기를 했다. 그러면서 전화번호를 나누어 갖고 헤어졌다.

그 후 연락을 받고 약속했던 대로 저녁 식사 때 그 부인의 집을 찾아갔다. 여러 가지 한국 얘기를 나누다가, 하나밖에 없는 그 집 아들이 6·25전쟁 때 한국에 출전했다가 전사했다는 사실을 알았다.

중공군이 남침해 들어오면서부터 함경도 전선에서 소식이 끊겼다. "한국의 하늘이 한없이 맑은데, 전쟁이 끝나고 평화가 정착되면 부모님과 와 보고 싶다."라는 편지가 전달된 것이 마지막이라고 했다.

헤어질 시간이 되었을 때 부인이 "우리 아들 방을 보겠느냐?"면서 안내해 주었다. 아들이 쓰던 서재 방이 그대로 보전되어 있었다.

책상 오른쪽에 젊은 청년이 밝은 웃음을 띠고 찍은 사진이 보였다. 사진 속에서 그의 아들이 당장이라도 방문을 열고 들어올 듯이 또렷한 모습이었다.

한국 여학생은 자기도 모르게 부인 품에 안기며 울어 버렸다. 겨우 눈물을 닦고 안정이 되었을 때, 그 아버지가 입을 열었다.

"이제는 괜찮아졌어요. 내 아들은 한국 사람들의 자유와 평화를 위해 목숨을 바쳤기 때문에 우리는 누구보다도 자랑스럽게 생각합니다. 언젠가 한국을 방문하고 싶어요. 평화롭고 행복하게 잘 사는 한국 사람들을 보면서 내 아들의 자랑스러운 생애를 기억하고 싶어요" 하는 것이다.

김형석 교수의 따님은 기숙사에 돌아와서도 많이 울었다고 했다.

6·25 한국 전쟁이 일어난 지 72주년이 다가온다.

해마다 6월이 오면 '6·25의 노래'가 떠오른다.

'아 아 잊으랴 어찌 우리 이날을/ 조국의 원수들이 짓밟아 오던 날을….'

이 노래는 지금의 30대 이상이라면 초등학교 시절부터 자주 부르던 노래다.

자연과 생명을 노래한 청록파 시인 박두진이 작사하고 김동진이 곡을 붙인 노래다.

'이제야 갚으리 그날의 원수를/ 쫓기는 적의 무리 쫓고 또 쫓아….' 하던 6·25의 노래도, 전쟁 그 자체도 이제는 점차 잊혀 가는 것 같다.

어느 사이 '통일' 담론이 사회를 지배하는 세상이 되었다.

여러 성향의 역대 정부가 펼친 '통일 정책' 때문에 한국 전쟁과 6·25의 노래도 그 뜻이 왜곡되고 있다. 김대중 노무현 정부 10년 동안 6·25의 노래는 '금지곡'이었다. 그 가사까지도 황당한 내용으로 바꾸어 놓았다.

전교조 교사들의 세뇌 교육을 받고 자란 신세대들이 6·25 노래와 한국 전쟁의 진정한 의미를 알 리가 없다. 한국 전쟁이라는 민족 최대 비극을 왜곡하고, 전쟁 주범에게 면죄부를 주는 '신 6·25의 노래'는 역사 속으로 사라져야 한다.

한미 동맹은 6·25전쟁을 계기로 맺어졌다. 그러나 그 뿌리는 인류의 자유와 평화를 위한 휴머니즘의 결실이다.

1950년 6월 25일 주미 한국대사 장면은 유엔 안보리 긴급 이사회에서 우방에게 무기 원조와 파병을 요청하는 연설을 하였다.

강대국 러시아의 침공을 받고 전쟁 중인 우크라이나 대통령이 우방 국가들에 무기 원조와 지원을 요청하는 연설은 우리에게 낯설지 않은 장면이다.

역사의 교훈을 아는 민족은 수난의 역사를 되풀이하지 않는다고 했다.

도라지 조청

코로나바이러스가 세계를 강타하기 시작한 지 어언 3년 세월이다.

코로나 팬데믹은 우리 일상생활을 많이 바꾸어 놓았다.

늘 마스크라는 '얼굴 옷'을 걸치고 살아왔다. 병원이나 식당 버스 전철 안에 들어서면 주위 사람들 눈치를 본다.

어느 날은 급히 집을 나서느라 미처 마스크를 챙기지 못했다.

근처 약국으로 들어서니 "마스크 쓰세요!"

여자 약사의 짜증 섞인 음성이다.

"마스크 사러 왔소!" 하니 머쓱해 하는 눈치다.

역병이 나돌아도 때가 되면 봄은 찾아왔다.

봄은 어느 때 봄보다 맑고 아름다웠다. 그러나 봄은 와도 우울한 봄을 보내야 했다. 사람들은 비대면을 하고 스스로를 가두어 놓고 살아간다.

3년여 만에 코로나가 진정되는 분위기다.

'사회적 거리두기'가 완화되고, 마스크도 병원 대중교통 등 제한된 장소에서만 쓰게 되었다.

10여 일 동안 '방콕 생활'을 하며 밖에는 나가지를 못했다. 자유가 없는 격리 생활은 지루하고 고통스러운 것이었다. 매일 함께 운동하던 회원들에게는 연락해 주었다.

어느 날 택배로 물건이 현관문 앞에 와있다.

보낸 사람 주소를 보며 너무 놀라고 감동했다.

K 교수였다.

그는 옛날 직장의 동료 후배였다. 함께 근무한 적은 없지만, 지금은 같이 운동하고 있다.

포장을 뜯어보니 '도라지 조청'이다.

30여 년 같은 직장 생활을 하다가 보니 근무지가 몇 차례 바뀌었다.

부임하는 사무소로 갈 때마다 새로운 동료들이 생긴다.

함께 근무하는 동안 미운 정 고운 정이 생기기 마련이다. 그리고 때가 되면 다시 헤어지는 직장 생활이었다.

K 교수!

그는 테니스 실력도 출중하지만, 인품이 신사답다. 항상 과묵하고 겸손하며 친절해 주위 사람들 칭찬을 받는다.

만날 때마다 미소로 악수를 청하며 테니스코트 안에서 예절도 남다르다. 테니스코트에서 게임 시작 전이나 게임이 끝난 후 인사하지 않는 모습을 한 번도 본 적이 없다.

회원들끼리 주고받는 그룹 톡에서 그의 글은 시를 읽는 느낌이다.

도라지 조청이 감기 기침에 좋다는 걸 처음 알게 되었다.

코로나를 걷어내고 운동장에서 다시 만나 운동을 한다. 그에 대한 고마움이 평생 빚이 될까 걱정이다. 직장 후배의 아름다운 선행을 보며 나는 부끄러움을 느낀다. 또한 내게 이렇게 착하고 훌륭한 후배가 있다는 게 자랑스럽다.

일상생활에서 남에게 이로움을 주는 일을 찾아서 실행한다는 것은 무엇보다 값지고 아름다운 일이다. 아무런 표시 없이 묵묵히 생활 주변에서 남에게 도움을 주는 생활이야말로 인간 최고의 미덕이 아닐 수 없다.

요즘 매스컴을 보면 온통 세상이 죄악으로 가득 찬 것처럼 느껴질 때가 있다. 그러나 세상 뒤곁에는 말없이 조용히 선을 행하는 사람들이 있다. 이 세상이 망하지 않고 이만큼 유지하고 있는 것도 그 같은 선한 사람들이 버티고 있기 때문이다.

인간을 인간답게 하는 근본은 양심이요, 선의지善意志요, 도덕의식이다.

인간은 시련을 이겨 내고 진보해 왔다.

코로나 역병 또한 지나가리라.

더 나아질 세상을 꿈꾸어 본다.

2부

열정과 사랑의 조화

인간이 죽는 것이나 재산을 잃는 것은 그리 슬퍼할 만한 일이 아니다. 인간이 자신의 진정한 재산, 즉 인간적인 존엄성을 잃는 것, 그것이야말로 참으로 슬퍼해야 할 일이다.

플랜Plan 75

세상에 이럴 수가!

사는 게 뭔지 무섭다는 생각이 든다.

최근 일본에서 개봉된 영화(플랜 75) 이야기다. 이 영화는 칸 영화제 수상 작품이고 부산 국제 영화제에도 출품되었다. 영화 내용이나 설정이 너무 섬뜩하고 개탄스럽다.

75세가 되면 건강한 사람도 죽음을 선택할 수 있다는 발상이다. 입법으로 정부가 그 비용을 지원한다는 것이다. 말이 좋아 선택이지 담당 공무원은 노인들에게 죽음을 권장한다.

'원할 때 죽을 수 있어 좋다'는 공익 광고까지 한다.

제도화된 죽음으로 노인 부양 부담을 일거에 해소하려는 불온한 정책이다. 75세 이상의 노인을 일본에서는 '후기 고령자'로 칭한다. 사회보장, 의료비, 연금 고갈 위기는 어느 국가 사회나 안고 있는 문제다. 고령자에게 '자발적 죽음'을 권유하는 정책이 문명국가에서 있을 수 있는가.

노인들은 이제는 이 사회에 도움이 되기는커녕 걸림돌이라는 것이다. 그러니 사회에서 퇴장하라는 비인간적인 정책인 셈이다.

지체하지 말고 죽음을 선택하라는 비정한 이야기다.

인간의 죽음을 종용하고 옥죄는 것이다.

"일본의 미래를 위해 노인들은 사라져야 한다. 일본은 원래 나라를 위해 죽는 것을 자랑스럽게 생각하는 나라가 아닌가."

일본 메이지 시대 군벌주의 통치자들이 주장했던 사상의 잔재가 남아 있다.

모든 유기체는 태어나서 살다가 죽는다. 그게 대자연의 법칙이다.

자연 만물 가운데 죽음을 의식하고 의미를 부여하는 건 인간뿐이다. 가족도 없이 외롭고 경제적으로 어려운 노인, 그건 이미 남의 일이 아니다.

우리 사회에도 독거노인이 적지 않고 그들은 언제고 고독사할 수도 있다.

우리나라보다 앞서 고령화 문제를 겪고 있는 일본이다. 이런 극단적이고 비인간적인 소재로 영화를 만들었을 것이다.

한국 사회에서도 노인에 대해 곱지 않은 시선이 적지 않다.

과거 대선이나 총선 때 노인 비하 발언으로 많은 물의를 일으켰다. 연금을 축내는 노인들을 '연금충年金蟲'이라고 수군댄다. 매미처럼 시끄럽게 잔소리만 한다며 '할 매미'라는 비속어까지 나돈다.

세상이 많이도 바뀌었다.

서경書經에는 고종명考終命이라는 게 있다.

수壽, 부富, 강령康寧, 유호덕攸好德과 함께 인간의 오복五福 중 하나다.

인간이 타고난 수명을 다 누리고 살다가 평안하게 죽는 것을 말했다. 천수를 다 누리고 살던 집 안방에서 누워 가족들이 지켜보는 가운데 눈을 감는 것이다.

죽음의 복이고 웰다잉(Well dying)이다.

문상을 가 고종명을 맞은 상가에서는 호상好喪이라 하지 않던가. 우리의 삶은 죽음을 향해 나아가는 길이다. 따라서 죽음은 우리의 삶에 강력하게 영향을 미치고 있다. 그러나 죽음을 생각하고 이에 대응하는 방식은 사람마다 다르다.

죽음을 어떻게 이해하고 대처하는가에 따라 그 삶은 달라질 수 있다.

죽음을 권유하는 것은 비인간적이고 반인륜적 행위다.

노인이라도 남은 삶에 의미를 더해주고 고통을 덜어 주어야 한다.

삶의 마지막은 가족과 함께 임종을 맞아야 한다. 삶의 마지막 시간은 중환자실이 아니라 내가 살던 아늑한 집이어야 한다.

인간이 죽는 것이나 재산을 잃는 것은 그리 슬퍼할 만한 일이 아니다.

인간이 자신의 진정한 재산, 즉 인간적인 존엄성을 잃는 것, 그것이야말로 참으로 슬퍼해야 할 일이다.

기생충과 오징어 게임

오래전에 극장에서 '기생충'이라는 영화를 관람한 적이 있다.

거대한 부자를 가난한 사람들이 빨아 먹는다는 내용의 영화였다. 부자는 숙주宿主로, 가난한 사람을 기생충으로 묘사하고 있었다. 숙주는 기생충이 어느 정도 빨아 먹어도 큰 타격이 없다.

기생충은 숙주가 오래 살아야 계속 빨아 먹을 수가 있는 것이다. 기묘한 '빈부의 공생' 관계다. 그런데 부자를 빨아 먹고 사는 가난한 사람들을 다시 빨아 먹는 더 가난한 사람들이 있었다.

오랫동안 지하실에 숨어 산 사람들이 나타나며 반전이 일어난다. 빈부 격차와 양극화 현상은 국내는 물론 세계적인 문제가 되고 있다.

기생충 영화가 국제적으로 이목을 끌게 된 원인인 것 같다.

우리나라 영상 작품이 세계적으로 유명한 상을 받은 건 큰 자랑거리다. 훌륭한 작품을 만들어낸 이들에게 찬사를 보내고 싶다.

우리는 이제 세계적 경제 강국에서 문화강국이 된다는 자부심도 든다.

'오징어 게임'이 매스컴에 대대적으로 보도되고 화제다.

갑자기 영화를 보고 싶은 충동에 유료방송 채널 넷 프릭스(Netplix)를 내려받았다.

장시간의 드라마를 며칠 동안 시간이 나는 대로 시청을 했다.

오징어 게임은 미국의 가장 권위 있는 영화상인 '에미상'을 받은 작품이다. 남우주연상 감독상 등 6관왕을 받았으니 놀라운 사건이다.

국내는 물론이고 세계적으로 매스컴이 이 기사를 내보냈고, 대통령까지 페이스북에 축하 인사를 올렸다.

우리나라 문화 예술이 국제적으로 인정을 받으니 모두에게 축복이다.

'오징어 게임'이 어떤 드라마인가?

무한 경쟁 사회에서 막장까지 몰린 사람들이 큰돈을 벌기 위해 벌이는 데드(살인) 게임이다.

이래 죽으나 저래 죽으나 마찬가지니, 목숨을 걸고 벌이는 서바이벌(살아남기) 게임이다.

참가자 456명 가운데 한 명 빼놓고 모두 죽어야 게임이 끝난다. 이들에게는 돈이 원수이자 희망이다.

한편 돈이 넘치는 초 부자들은 돈 때문에 인간성을 잃고 타락한다. 마약과 퇴폐에 젖다 못해 끝내는 돈을 내놓고 살인 게임을 즐긴다. 이들에게도 돈이 원수인 셈이다.

드라마를 다 보고 눈을 감으니 웃어야 할지 울어야 할지 한숨만 나온다.

초록색 운동복을 입고 불안과 초조한 모습으로 살아보겠다고 뛰어다니며, 게임이 끝날 때마다 죽어 가는 이들 모습이 머리를 떠나지 않는다.

6가지 게임 중 '무궁화꽃이 피었습니다'를 외우는 영상이 나온다. 센서로 움직이는 사람을 감지해 가차 없이 사살하는 장면이다. 이 장면에 나오는 영희의 커다랗고 비정한 눈동자는 생각만 해도 서늘하고 잊을 수가 없다.

기생충이 상류층과 하류층 사이의 허물 수 없는 벽을 표현했다면, 오징어 게임은 상대적으로 가난한 사람들이 돈과 출세를 위해 물불 안 가리고 경쟁하는 적자생존을 적나라하게 표현하고 있다.

'기생충'이나 '오징어 게임' 증후군은 1980년대부터 불기 시작한 '신자유주의' 열풍 때문인 것 같다.

무한 경쟁이 심화하면서 인간성 피폐와 초양극화라는 사회 문제를 일으킨 결과다. 기생충과 오징어 게임은 이를 비판해 세계적인 시선을 끈 영화가 되었다.

지금 우리 사회 곳곳에는 초록색 운동복으로 갈아입기 직전으로 몰린 사람들이 적지 않을 것이다. 이들이 데드 서바이벌(Dead Survival) 게임에 빠져들지 않게 해야 한다.

간호사

자기 몸을 희생하여 인仁을 실천한 어느 간호사의 미담이 가슴을 뭉클하게 한다.

경기도 이천시 관고동 병원 건물 화재로 숨진 현은경(50세) 씨의 죽음이다.

한 시간 남짓 계속된 화재에 환자를 보호하다가 간호사는 희생당했다. 투석 환자를 돌보던 간호사는 환자들을 대피시키느라 연기에 질식사했다. 환자의 생명을 끝까지 지키다가 생명을 잃은 위대한 희생정신이었다.

자기 몸을 희생하여 사랑을 베푼 살신성인殺身成仁이다.

힘들어도 불평 없이 환자만을 생각했던 모범 간호사였다고 한다. 살신성인 정신으로 소임을 다 하고 죽음을 맞은 그녀는 의인義人 이었다.

간호사는 24시간 환자 곁에서 의사 처방에 따라 치료를 하며, 의사 부재 시는 비상조치를 취하기도 한다. 가정이나 지역사회를 대상으로 건강회복, 질병 예방, 건강 유지와 증진을 도와주는 활동을 한다. 간호사의 역할은 사명 의식 없이 직업으로만 여기면 힘든 일이다. 남을 돕는다는 사명감이 없다면 어려운 직업이다.

1960년대 초 우리가 가난하게 살던 시절이다.

독일(당시 서독)로 파견되었던 우리 간호사들 이야기는 지금 들어도 감동적이다. 국민소득이 높아지고 잘살게 되면 3D 업종이나 힘든 일은 피하는 게 어느 나라나 마찬가지다.

부자나라 서독에서는 야간에 일할 간호사가 없었다.

실업자가 넘치고 먹고살기 힘들었던 한국에서, 독일로 파견되는 간호사 선발 시험은 경쟁률이 하늘을 찌를 듯 높았다.

독일 사람들은 후진국에서 온 한국 간호사들에게 일을 맡기기 힘들다고 생각하였다. 처음에는 죽은 사람 사체를 알코올로 닦고 수의 입히는 일을 시켰다. 임종이 가까운 환자를 돌보게 호스피스 병동에 배치도 되었다. 우리 간호사들은 환자가 사망하면 그 시신을 붙들고 울며 염까지 했다. 독일 사람들은 이런 장면을 보며 깊은 감명을 받지 않을 수 없었다.

우연한 기회에 담당 간호사가 없을 때는 주사도 놓고 환자를 직접 다루었다. 깜짝 놀란 독일 의료계에서는 한국 간호사에 대한 인식이 달라져 의료 분야를 맡기기 시작했다. 더욱이 위급한 환자가 피를 흘리며 병원에 오면 몸에 피를 흠씬 적시며 치료를 서슴지 않았다. 피가 모자라 위급하면 간호사들은 직접 수혈을 하여 환자를 살리기도 했다. 이런 헌신적인 봉사를 보고, "이 사람들은 간호사가 아니라 천사다!"라 하며 우리 간호사에 대한 태도가 달라졌다.

이런 사실들이 서독의 신문과 TV에 연일 알려지면서, 독일은 물론 유럽 전체가 "동양에서 천사가 왔다!"라고 대대적으로 보도하였다.

우리 간호사들의 헌신적인 노력이 뉴스로 알려지자 독일 국민은 이런 나라가 아직 지구상에 있다는 것이 신기하다고 했다. 이런 국민이 사는 나라의 대통령을 한번 초청하여 감사를 표하자는 여론이 확산하였다. 특히 대도시로 진출한 한국 간호사들 실력이 독일 간호사들 실력 못지않다는 인정을 받았다.

당시 한·독협회 바그너 의장은 병원에 오면 꼭 한국 간호사를 찾았다. 이유를 물어보니 "주사를 아프지 않게 놓아 주는 기술자!"라고 해 주변을 놀라게 하였다.

서독 정부도 그냥 있을 수 없다고 하여 박정희 대통령을 국빈 초청하였다. 단군 이래 우리의 국가 원수가 국빈으로 외국에 초대된 첫 번째 사례다.

오늘날 간호사의 대명사 나이팅게일!

'나의 일생을 의롭게 살며 전문 간호직에 최선을 다할 것을 하느님과 여러분 앞에 선서합니다'

의사에게 '히포크라테스 선서'가 있다면 간호사에게는 '나이팅게일 선서'가 있다.

경복궁과 청와대

싱그러운 오월의 청와대 신록은 눈부시고 찬란했다. 모처럼 친구와 부부 동반 나들이를 했다.

친구네 막내며느리가 준비한 입장권으로 청와대 관람을 한 것이다.

아침 일찍 아내와 집을 나서 경복궁 지하철역에서 친구 내외와 만났다. 이른 아침 시간인데도 경복궁역에서 청와대로 가는 도로변은 인파가 긴 행렬로 이어지고 있었다.

오전 9시에 청와대 정문을 들어섰다. 맨 먼저 영빈관으로 안내를 한다. 영빈관은 외국 원수나 국빈 방문 때 공연과 만찬 등 공식 행사를 하거나, 또는 100명 이상 대규모 회의 등을 진행하던 장소다. 높다란 천장 위에 대형 샹들리에 불빛이 휘황찬란하고 태극기와 대통령 휘장 기가 나란히 걸려 있어 분위가 장엄하다.

영빈관을 들어서니 십여 년 전 추억이 떠오른다.

1층에서 대통령 표창장을 수여 받고 2층 식당에 올라가 오찬을 했던 기억이 생생하게 떠오르는 것이다.

영빈관을 나와 본관 대통령 집무실을 향해 대정원을 걸었다.

집무실을 관람하려는 관객들이 길게 줄을 서 있다. 우리는 대통령 관저를 먼저 보기 위해 방향을 바꾸었다. 관저는 대통령과 그 가족들의 거주 공간이다. 생활공간인 본채와 접견 행사 공간인 별채, 우리나라 전통 양식인 뜰과 사랑채 등으로 구성되어 있다.

거실 침실 영접실 미용실 드레스룸.

일반 국민의 주거공간에 비하면 무척 호화롭게 보인다. 소설이나 영화에서 본 왕조시대의 구중궁궐九重宮闕 같다.

관저를 둘러보고 나와 언덕길을 내려가니 상춘 재와 녹지원이 나온다.

국내외 귀빈에게 전통가옥 양식을 소개하거나 의전행사, 비공식 행사를 하는 곳이 상춘재다. 상춘재와 이어진 녹지원은 청와대 경내에서 가장 아름다운 공원이다.

어린이날이나 장애인들이 방문할 때 대통령 내외가 함께 손님맞이를 하는 공간이다. 120여 종 나무와 역대 대통령들의 기념식수가 있다. 이어서 대통령 집무실 2층과 1층을 관람하고 밖으로 나왔다.

녹지원 벤치에 앉아 준비해온 커피를 마시며 잠시 휴식을 취했다. 마지막으로 춘추관으로 갔다.

대통령 기자회견과 출입 기자들 기사 송고실인 춘추관을 관람하고 3시간여 청와대 관광은 끝이 났다. 청와대 경내에는 칠궁, 오운정, 침류각, 미남불 같은 사적과 보물 등 문화유산도 있는 유적지이기도 하다.

조선 시대의 궁궐은 경복궁 창덕궁 창경궁 경희궁 덕수궁, 5대 궁궐이다.

조선왕조 518년을 대표하는 궁궐은 단연 경복궁이다. 경복궁과 인접한 청와대는 서울의 주산主山인 북악산을 배산拜山으로 한 같은 터에 속한다. 대한민국 정부 수립 이후 74년 동안 대통령들이 살며 통치하던 곳이다.

옛날의 경복궁이나 현대의 청와대는 백성이나 국민이 쉽게 접근할 수 없는 권부權府의 자리였다.

정권이 바뀌고 말 많고 탈도 많았지만, 대통령 집무실을 옮기고 청와대를 국민 품에 돌려준 것은 훌륭한 업적으로 남을 것 같다.

청와대를 나와 총리 공관 앞 삼청로 길을 걸으며 다시 옛날이 회상되는 것이다. 내가 대통령 표창을 받던 날 큰 며느리 현경이는 청와대로 내게 문자를 보냈다. 그때 받아 본 문자는 평생 잊히지 않을 것 같다.

"아버지가 자랑스럽습니다!"

며늘아기가 사랑스럽다.

모라토리엄 인간

지루하고 길게만 느껴지던 설 연휴가 끝나고 일상으로 돌아왔다.

분주하고 어수선하던 명절 끝이라 한산한 기분마저 든다.

며칠 만에 나온 일간 신문에 '은둔 청년'에 대한 기사가 실렸다. 서울에 사는 만 19세~39세 청년 중 4.5%에 해당하는 13만 명 젊은이들이 고립 은둔 상태로 추정된다는 조사 결과다.

고립. 은둔 청년 중 절반 이상(55.6%)은 외출을 거의 하지 않고 주로 집안에서만 생활하는 것으로 나타났다. 고립 은둔 생활을 하게 된 동기는 '실직 또는 취업 어려움'이라고 했다.

은둔 청년은 외출이 거의 없는 생활이 6개월 이상 지속되고, 직업 구직 활동이 없는 경우로 규정했다.

은둔 청년들의 도피처는 게임과 잠이다.

1년 반 동안 은둔 생활을 했다는 어느 청년의 언론 인터뷰가 경악스럽다. "게임 하는 게 괴로워 기절할 정도가 되면 꼬꾸라지듯 잠이 들었다."라고 했다.

우리 사회에는 니트족(NEET)이라는 집단이 있다.

고립 은둔 청년의 전 단계가 니트족이다.

일하지 않고 일할 의지도 없는 청년 백수들이다.

코로나 때문에 세계적으로 니트족이 증가하면서 은둔 청년도 덩달아 늘고 있다고 한다.

국내 니트족은 2020년 43만여 명으로 전년보다 24% 증가했다. 니트족 장기화가 부정적 영향을 보인 사례는 처음 일본에서 나타났다.

지금 우리 사회에는 모라토리엄(Moratoium) 인간이 늘어나고 있다.

일본 게이오대학 '오코노키' 교수가 '모라토리엄 인간의 시대'라는 책에서 소개하면서 유명해진 인간형이다.

모라토리엄이란 원래 채무 상환을 유예하는 기간을 의미하는 말이다. 사람에게서 모라토리엄이란 '한 사람이 자기의 정체성을 확립할 때까지 사회에 대한 기여를 유예하는 기간'을 의미한다.

학교를 졸업하고 자립을 이루지 못한 청년기까지를 모라토리엄 시기로 본다.

모라토리엄 인간은 항상 방관자 입장의 심리가 있다. 조직 집단 사회에 대한 귀속 의식이 희박하다. 기회만 있으면 전직을 하려 하고, 선진국으로 이민하려고 한다.

모라토리엄 심리는 젊은이들에게만 있는 것은 아니다.

요즘은 평균수명이 늘어난 탓에 부모와 자식이 함께 늙어간다.

재산이 좀 있다는 집안의 나이 지긋한 자식들한테서도 모라토리엄 심리가 보인다. 자식들 처지에서는 유산을 빨리 받고 싶은 마음이야 굴뚝같다. 그러나 효도 빼놓으면 시체라는 우리나라에서 부모를 빨리 돌아가시라고는 못 한다.

유산 상속으로 더 큰 재산이 들어오면 하고 싶은 일들이 지천으로 널려 있는데 그게 아니다.

'지금의 나는 마땅히 내가 되어야 할 내가 아니다'라고 느낄 수밖에 없다.

모라토리엄 인간의 전형이다.

모라토리엄 인간의 또 다른 특징이라면 돈이면 다 된다고 생각을 한다. 돈만 있으면 세상에 안 될 것이 없다고 생각을 한다. 지금의 내가 원래의 내가 되지 못하고 있는 것도 돈이 없거나 부족하므로 비롯된 결과다.

이런 생각은 인간관계도 돈만 있으면 저절로 다 풀릴 수 있다고 판단한다. 하지만 이것은 크나큰 착각이다.

세상에는 돈으로 할 수 없는 것투성이다.

위上에는 또 위上가 있는 법이다. 이런 사람들이 아무리 돈을 많이 벌더라도 세상에는 더 번 사람들이 많은 법이다. 그렇다면 나보다 돈이 더 많은 사람의 마음도 돈으로 살 수 있을까?

모라토리엄 인간형의 사람들이 명심해 둘 것이 있다. 지금 내가 모라토리엄 인간형인 것은 돈이 없어서가 아니라 인간이 덜돼서라는 것을.

우리의 은둔. 고립 젊은이들은 하루라도 빨리 햇볕 세상으로 나와야 한다.

사랑의 여운餘韻

달갑잖은 가을비가 며칠 내리고 난 가을 하늘이 더욱 높아진 것 같다.

상큼한 가을 날씨가 상쾌하고 마음을 가볍게 한다.

북악 스카이웨이 산책로에는 군데군데 낙엽이 쌓이기 시작한다. 정릉과 성북동으로 갈리는 사거리에서 방향을 바꾸어 걸었다. 성북동 대사관로는 인적이 없고 자동차들만 분주하게 오고 간다. 대사관로 가로수 은행나무 잎이 노랗게 물들고 있다.

공룡 같은 거대한 도시 속에도 한적하고 조용한 동네가 있다는 게 신기하다.

길상사 입구에 들어서니 오늘은 여느 때보다 사람이 많은 것 같다.

극락전에서 예불을 마친 여러 여자 신도들이 유난히 눈에 뜨인다. 입구를 들어서면 바로 관세음 보살상과 마주하게 된다. 천주교 신자인 최종태 작가가 종교 간 화해와 화합을 위해 기증한 작품이다.

다른 사찰에서는 볼 수 없는 마치 성모 마리아상을 연상케 하는 보살상이다.

창건 법회 때 김수환 추기경이 축사했고, 석가 탄신일과 성탄절에는 서로 축하 현수막을 내 건다.

극락전을 지나 법정 스님의 존형과 유품 등이 소장된 진 형각으로 향했다.

이곳 사찰에 남겨진 슬픈 사랑의 여운餘韻을 생각해 보며 천천히 걸었다. 우리나라 사람들이 가장 좋아하는 시인이 윤동주라면, 시인들이 제일 좋아하는 사람은 백석 시인이라고 했다.

길상사에는 아쉬움과 여운을 남긴 슬픈 사랑의 역사가 있다.

대원각은 삼청각, 청운각과 함께 서울 장안의 3대 요정이었다. 대원각의 주인인 김영한(법명 길상화)은 법정 스님의 수필 '무소유'를 읽고 크게 감동하여 시주를 결정한 것이다.

싯가 1,000억이 넘는 대원각을 시주하려는 김영한과 무소유가 삶의 철학인 법정 스님 사이에 권유와 거절이 10여 년간 이어지다가 끝내 시주를 받아들였다.

시인 백석은 천재적인 재능과 훤칠한 외모로 많은 여성 선망의 대상이었다.

백석이 함흥 영생 여고의 영어 교사로 재직하던 시절이다. 회식자리에 나갔다가 기생 김영한을 보고 첫눈에 반했다. 미남 로맨티스트 백석은 그녀를 옆자리에 앉히고 "오늘부터 당신은 영원한 내 여자야. 죽음이 우리를 갈라놓기 전까지 이별은 우리에게 없어!"라는 유명한 말을 남겼다.

백석은 이백의 시구에 나오는 자야子夜라는 애칭을 그녀에게 지어 주었다. 그렇게 두 사람은 첫눈에 반해 사랑에 빠지고 연인이 된 것이다. 그러나 이들 사이에도 시련의 운명이 다가왔다.

백석의 부모는 기생과 동거하는 아들을 탐탁지 않게 여겼고, 강제로 다른 여자와 결혼을 시켜 사랑을 갈라놓으려 했다.

백석은 결혼 첫날밤에 그의 연인 '자야'에게로 다시 돌아간다. 그리고 자야에 만주로 도망을 가자고 제안했다.

자야는 보잘것없는 자신으로 인해 백석의 장래에 해가 되지 않을까 염려되어 이를 거절한다. 그러나 백석은 자야가 자신을 찾아 만주로 올 것을 확신하며 먼저 떠난다.

만주에서 홀로 된 백석은 자야를 그리워하며 그 유명한 시 '나와 나타샤와 흰 당나귀'를 짓는다.

두 연인의 잠깐이라 믿었던 이별은 영원한 이별이 되고 말았다.

백석과 그가 가장 사랑했던 연인인 자야와의 러브스토리는 '로미오와 줄리엣'만큼이나 가슴 찡하게 아려 온다.

평생 백석을 사랑했던 자야는 "1,000억 원 재산이 아깝지 않았냐?"는 어느 기자의 질문에 "1,000억 원 재산이 그 사람의 시 한 줄만도 못하다!"고 했다.

북쪽에서 홀로 자야를 그리다가 생을 마감한 백석의 순애보도 대단하지만, 백석을 그리워하면서 어렵게 세운 대원각을 법정 스님에게 시주하고 떠난 자야(김영한)의 순정이 너무 아름다워 보인다.

대원각을 길상사에 봉헌하고도 10년 동안 거들떠보지도 않던 법정 스님도 이 시대의 위인이셨다.

성공은 선불先拂이다

2002년 월드컵 축구에 열광하고 환호한 게 엊그제 같은데 어느새 20년 세월이 지나갔다.

어젯밤 새벽잠을 설치고 축구 경기 시청을 하며 또 한 번 감격했다. 축구의 본고장 영국 프리미어 리그(EPL)에서 손흥민 선수가 득점왕이 되는 경기를 보며 가슴이 벅찼다.

잉글랜드뿐 아니라 스페인과 이탈리아, 독일 프랑스 등 유럽 5대 빅리그에서 아시아권 선수로는 처음 득점왕이 된 것이다.

130년 역사를 자랑하는 '축구종가' 잉글랜드 프로 축구에서 득점왕이 되기란 외국 선수들에게는 기적 같은 사건이다.

손흥민 선수는 어린 시절부터 고된 훈련을 이겨 냈다.

아버지의 엄격한 가르침이 있었지만, 이를 오롯이 자신의 것으로 만들어 세계적인 선수의 반열에 올랐다. 타고난 재능과 좋은 스승이 있어도 스스로 피땀 어린 노력이 없었다면 불가능했을 것이다.

손흥민 선수는 자신의 에세이 '축구를 하며 생각한 것들'에서 말했다.

"내가 힘든 티를 낼 때마다 아버지는 '성공은 선불'이라고 말씀하셨다."

사람은 10년 20년 후를 내다보고 인생을 투자해야 결과를 얻을 수 있다는 의미였다.

손 선수의 아버지는 부상 때문에 28세에 프로 선수를 마감한 축구인이다. 은퇴 후 자신의 경험과 연구를 바탕으로 지도자의 길을 걸었다.

아들이 초등학교 3학년 때부터 직접 드리블, 리프팅 등 철저하게 공을 다루는 기술 위주로 훈련을 시켰다.

독일 함부르크 시절에는 아버지의 지도로 하루에 천 개의 슈팅 기술을 연마했다. 위치를 옮겨 가면서 오른발로 500번, 왼발로 500번씩 때렸다고 한다.

손 선수는 그의 글에서 "천재성을 타고나지 못한 나는 24시간을 통째로 들어부어야 지금의 경기력을 유지할 수 있다"라고 했다.

손흥민 선수의 성공에는 자신의 노력은 물론 가족들의 헌신도 빼놓을 수 없다. 손 선수가 16세 때 외국에서 한국 음식을 그리워하자 아버지는 독일까지 밥솥을 가져가 밥을 지어 주었다. 어머니는 지금도 영국 런던에서 '집밥'을 만든다고 한다.

대중문화의 영웅이 된 손 선수는 인종차별 등 수많은 장벽에 부딪힐 때마다 오직 실력으로 난관을 극복했다.

축구만 잘하는 게 아니라 어린 시절부터 갈고 닦은 유창한 영어 독일어 실력이 현지 적응을 쉽게 만들고 팀 내 소통을 원활하게 했다. 그러고 보니 외국인 선수로 현지 인기도 대단하다.

금년 3월 그가 속한 토트넘 팬들이 뽑은 '올해의 선수 1위'에도 선정되었다. 영국의 스포츠 일간지들도 다투어 칭찬하고 있다.

홍콩의 일간지 사우스차이나 모닝 포스트는 "손흥민은 방탄소년단(BTS)과 동급으로, 2조 원의 경제 가치가 있다."라고 평가했다. 아울러 손 선수는 인성도 실력임을 보여주고 있다.

개인보다 팀을 중시하는 경기 태도도 감독과 동료들로부터도 신임을 받는다. 당당하고 언제나 겸손하며 자신감 넘치는 그의 모습은 우리 젊은이들에게 커다란 용기를 주고 있다.

배경과 부모 찬스로 스펙을 쌓고 상식과 정의가 통하지 않는 시대상에 실망한 MZ세대들이 위로받고 용기를 얻는 기회도 준다.

특히 축구장 필드 위의 90분은 배경과 부모 찬스가 통하지 않고, 능력만으로 평가받기에 공정의 가치를 되새기게 한다.

여기에는 오직 실력만으로 평가하는 축구 규칙과 EPL의 문화도 한몫한 것으로 보인다.

노력한 만큼 성과로 보상받는 공정한 시스템이 없다면 선의의 경쟁은 있을 수 없다.

손 선수는 그의 글 가운데 '삶에서 공짜로 얻을 건 하나도 없다.

전부 죽어라 하고 노력해서 얻은 결과'라고 했다.

손흥민 선수의 성공과 국위 선양은, 대한 건아들의 인간승리를 보는 것 같다.

골든 부트를 들고 공항 로비에 나타나 환한 미소를 짓는 한국 청년을 보며 흐뭇한 기분이 들었다.

솔밭 공원

서울 북한산 동쪽 우이동에 100년이나 된 1천여 그루 소나무가 울창한 솔밭 공원이 있다. 특이하게도 산이나 언덕이 아닌 도시의 평지에 34,955 평방미터나 되는 넓은 면적이다.

공원 안에는 실개울, 생태연못, 산책로 등 조경 시설이 아름답다.

배드민턴장, 건강 지압 보드 등 여러 가지 운동 시설이 갖추어져 있고, 어린이 놀이터, 장기바둑 쉼터에는 늘 사람들이 끊이지 않는다.

서울 도심의 유일한 소나무 숲이며 북한산을 찾는 등산객들이 모여 산행을 출발하는 곳이기도 하다.

언제부턴가 일요일마다 강북(한강 이북)에 사는 친구들이 모여 하루를 소일하는 장소다.

팔순을 넘긴 노구를 이끌고 옛날처럼 등산은 하기 힘드니 산책하며 휴식을 취하는 단골 장소가 된 셈이다. 노년의 삶을 즐기는 낙원이란 따로 있는 게 아닌가 보다.

우리는 약속 시간에 모이면 하얗게 꽃이 피는 옥잠화를 따라 소박한 산책로를 걷기 시작한다. 공원 안쪽으로 광장이 있어 많은 사람이 운동과 휴식을 취하고 있다.

광장을 뒤로 하고 산책로를 따라 계속 걸어 '삼각산 송림정' 쉼터에서 발을 멈춘다.

삼각산을 상징하는 돌탑이 쌓여있다. 예로부터 우리 조상들은 마을의 협동 의례와 천재지변 등의 액을 막기 위해 돌을 쌓았던 의미다. 소나무 사이로 만경봉, 백운봉, 인수봉 삼각이 북한산의 수려한 산봉우리를 이루고 있다.

우리가 늘 차지하고 하루를 보내는 자리 옆으로는 실개천이 흘러 생태 연못으로 들어간다. 연못가에 활짝 핀 보라색 맥문동꽃이 우리를 유혹한다.

울창한 소나무 덕분에 한여름에도 시원한 그늘이 있다. 각자가 집에서 준비해 온 간식과 식사를 곁들여 소주잔도 부딪치며 흥을 돋우어 본다. 건강, 시국담, 옛 친구들 소식 등 이야기를 나누는 동안 오후 늦은 시간이 되면 자리에서 일어선다.

우리가 귀가하는 시간 우이동 경전철은 늘 한가한 편이다. 자리를 잡고 앉아 지그시 눈을 감으니 옛날 고향 땅의 아름답고 정답던 풍경들이 주마등처럼 머리를 스치고 지나간다.

옛날부터 소나무는 내게 그리움의 상징이었다. 어린 시절 집을 나서며 고개를 들면 소나무가 총총한 우리 집 안 산이 먼저 눈에 들어온다.

십여 리가 넘는 초등학교에 가는 산길에는 내 키보다 큰 소나무들이 군락群落을 이루고 있었다. 소나무 숲 사이로 난 오솔길은 등하굣길에 두 번 걷는 길이다. 마치 터널 속을 걷는 기분 같아 재미도 있었다.

언젠가 여느 때처럼 친구 집 앞에 갔더니 새끼줄에 솔잎을 듬성듬성 끼운 금줄이 사립문에 걸려 있었다. 그 집에 들어가면 안 된다는 어른들 말씀에 겁이 나기도 했다. 새 생명의 탄생을 알리고 집안 출입을 통제하는 신호였다.

우리 집 안 산에는 언제나 늘 푸른 소나무들이 온 산을 덮고 있었다. 땔감이 부족하던 시절 나무 밑에 쌓인 솔잎을 긁어모아 연료로 쓰는 걸 보았다.

내게 영원히 잊히지 않는 추억은 뒷동산 노송나무 가지에 걸려 있던 둥근 달이다. 휘영청 둥근 보름달 밤에 노송나무 아래 잔디밭에는 청춘 남녀가 앉아 있었다. 첫사랑 그녀와 손을 잡고 밤 가는 줄 모르며 사랑의 밀어를 나누던 곳이다.

우리 농촌의 역사도 소나무의 성쇠盛衰와 함께 바뀐 것 같다. 지금은 고향에 돌아와도 푸른 소나무가 보이지 않는다. 뒷동산 노송은 간 곳이 없고 반갑잖은 비닐하우스가 자리를 차지하고 있다.

시태발이 드나들던 오솔길은 포장도로가 되어 자동차 행렬이 이어진다. 달밤에 바라보던 초가지붕들도 영원히 사라진 것 같다.

옛 고향의 소나무 숲과 노송나무 가지에 걸려 있던 둥근 보름달은 내 청춘과 낭만의 추억이 살아있는 역사의 현장이다. 북한산과 하늘 높이 솟아 있는 소나무 군락을 원 없이 만날 수 있는 곳, 솔잎 공원은 휴식과 사색을 할 수 있는 노년의 낙원인 것 같다.

청주 농과대학

고등학교 1학년 때였던 것 같다.

단짝 친구 두 사람을 집으로 초대하게 되었다. 도시에 사는 친구들은 농촌 환경을 부러워해 우리 집에 오고 싶어 했다.

대농가이었던 우리 집은 식구도 많았고 농번기가 되면 늘 분주하여 집안 환경이 어수선했었다.

도시에 사는 친구들 집에 가보면 집안이 늘 깨끗하고 가구들이 깔끔하게 정돈되어 있어 보기 좋았다. 친구들이 우리 집을 방문할 때면 나는 부끄러운 기분이 들고, 때로는 열등감을 느낀 적도 있었다.

친구들이 집안에 들어서면 먼저 할아버지께 인사를 드려야 한다. 일본 강점기에 신교육을 받으신 할아버지께서는 교장 선생님처럼 우리에게 훈계하는 걸 잊지 않으셨다.

근면 검소하고 지성적인 할아버지를 '간디'라고 별명을 붙인 친구들도 있었다.

내가 중고등학교 시절 학교에서 돌아오면 언제나 책상 앞에 앉아 있어야만 했다. 동네 친구들과 어울려 놀거나 장기바둑 같은 오락을 절대 금지였다. 한가한 시간이라도 있는 듯싶으면 마당을 쓸거나 소꼴을 베어 오라고 하셨고, 텃밭의 잡초를 뽑는 작업도 시키셨다.

학업 말고는 자유 시간을 허락하지 않던 할아버지가 약속한 적도 있다. 고등학교를 졸업하고 대학에 진학하며 자손들에 대한 할아버지 훈육訓育의 뜻을 알게 되었다.

배움과 근로의 소중함을 우리에게 가르치셨다.

할아버지께서는 육영사업育英事業에 뜻을 가진 분이셨다.

내가 다닌 초등학교 사친 회장을 하였었다. 초등학교 교사였던 두 분 고모와 여동생이 졸업한 사범학교(지금의 교육대학교)의 사친 회장도 역임하시는 걸 보았다.

1951년 4월 '도립 청주 농과대학'이 설립되었다.

대학 정원은 농학과 60명, 축산학과 60명에 청주농업고등학교 시설을 빌려 초미니 대학이 설립되었다.

할아버지께서는 이 대학의 육성회장을 맡으셨다. 임업시험장과 종축장이 있던 광활한 부지에 대학교 건물 2채를 건축하고, '도립 충북대학교'로 교명을 바꾸고 대학을 이전하였다.

최초의 대학 청사는 2층 건물 2채로 제1 본관 제2 본관이었다.

지금의 충북대학교 개신 캠퍼스에는 대도시 속의 건물처럼 웅장하고 다양한 건물들이 많이 들어서 있다.

대학교에서 가장 오래된 건물 중 하나인 제1 본관은 철거되었다. 하나 남아 있는 건물은 충북대학교의 역사관(N19 동)이 되어 명맥을 유지하고 있다. 대학교의 역사를 전시하는 역사관이다. 개교 초기의 사진뿐만 아니라 제1회 졸업생들의 학위증서, 졸업 앨범 등이 전시되어 있다.

1960년대부터 2000년대까지의 학생증, 역대 교육이념, 청주 농과대학 시절부터 현재까지의 교기들이 전시되고 있다.

역사관은 지은 지 65년이 넘는 건물로 그만큼 역사적 문화적 가치가 충분한 건축물이다.

충북대학교의 오랜 역사를 나타내는 상징성을 가진 건물이다. 일제로부터 해방된 후 우리 고장 청주에는 1947년 청주상과대학이 처음 문을 열었고, 이어 청주 농과대학이 설립되었다. 지금은 두 대학이 모두 종합대학교로 승격하여 충청북도의 거점 대학이 되었다. 대학 정원 120명으로 고등학교 시설을 빌려 시작한 초미니 대학이, 대학생(대학원 포함) 2만 명이 넘는 명실상부한 종합대학교가 되었다.

충북대학교가 모교는 아니지만 나는 더러 대학교 캠퍼스를 방문한다. 묘소를 찾아가 참배할 때처럼 머리 숙여 묵념하며 고인이 되신 할아버지를 그려본다.

임인년 사자성어四字成語

임인년도 어느덧 서서히 저물어 간다.

사람들은 세밑을 맞으면 한 해를 돌아보며 아쉬워한다.

2001년부터 연말이 가까워져 오면 교수 신문에 사자성어를 실린다.

국내에서 있었던 사건 또는 그 사건에 임하는 우리 입장을 정리한 것이다.

대학 교수들에게 설문한 후 최종 선택된 사자성어를 연말에 발표한다.

올해의 사자성어는 '과이불개過而不改'다.

'허물이 있어도 고치지 않는다'라는 뜻이다.

논어 위령공 편에 나오는 말로 원래는 '과이불개過而不改 시위과의是謂果矣'로 '허물이 있어도 고치지 않는 것을 진짜 허물'이라는 의미다.

사람이란 완벽한 존재가 아니다.

누구를 막론하고 잘못이란 있을 수 있다.

우리는 날마다 밤마다 무의식중에 잘못을 저지른다. 그러나 잘못인 줄 깨닫고 금방 고치면 허물은 없어져 과실 없는 상태로 돌아가는 것이다.

잘못인 줄 알고도 고치지 아니하고, 변명만 하고, 덮어 둔다면 이것이 정말로 허물이 되는 것이다. 그러므로 군자는 과실 없음을 자랑하지 않고, 과실이 있으면 서슴지 않고 고치는 것을 자랑으로 삼는다.

허물없는 사람은 없으므로 허물을 부각시켜 비난한다면 비난받지 않을 수 있는 사람은 없다.

중요한 것은 허물을 탓하기보다는, 허물을 고치지 않는 것을 탓하는 것이다. 과오를 저지르고도 고치지 않는 것이 바로 잘못이다. 허물이 있어도 고치지 않는 것을 바로 허물이라고 한다.

임인년 한 해 동안 우리 사회를 압축 표현한 사자성어는 정치권의 잘못을 지적하고 있는 것 같다.

우리나라 정치인들은 여당이나 야당 할 것 없이 잘못이 드러나도 고치려 하지 않는다.

현재 여야 정치권은 민생은 없고 당리당략에만 몰두하고 있다. 나라의 미래나 발전보다는 당리당략과 정쟁만 앞세우고 있다. 국가와 민족은 뒷전이고 정권욕에만 사로잡혀 있다.

정치인뿐만 아니라 사람은 자성과 갱신更新이 인간의 길이다. 자기 정당화로 잘못을 덮으려 하는 것은 소인배小人輩의 길이다.

공자의 가르침을 모은 '논어'에는 잘못을 인정하고 바로 잡는 노력을 강조한 구절이 곳곳에 나온다.

'잘못이 있으면 주저하지 말고 바로 고쳐라' 過則勿憚改

'같은 잘못을 두 번 저지르지 않는다. 不貳過

요즘 반성 없는 우리 정치권을 꼬집었다. 많은 국민이 잘못됐다고 하는데도 인정하지 않는다. 인정하지 않으니, 사과할 이유가 없고 고칠 필요가 없다고 생각하는 모양이다. 잘못을 인정하는 순간 패배자가 될 것 같으니 우기고 보자는 풍조다.

지금 한국 정치는 국민 기대와 상식에 너무 멀리 나갔다.

정치 불만은 어느 국가나 사회에 있기 마련이다. 그러나 명색이 선진국이라는 우리의 정치는 정도를 지나치고 있다.

유사이래 최대 토건 비리라는 대장동 사건에 수천억 원 특혜가 눈에 보이는데도 핵심 인물은 1원도 안 먹었다고 한다.

국회 다수당 사람들이 이런 말을 믿고 열렬히 지지하는 현실이다. 국회는 바뀐 행정부가 제안한 법률을 한 건도 처리하지 않고 있다. 국민대표라는 국회의원들이 권력에 취해 배부른 사냥개처럼 한눈을 팔며 해야 할 일은 하지 않고 정권 쟁탈 싸움만 하고 있다.

나라와 백성을 걱정하는 국회의원이 아니라 국가를 해치는 '국해의원 國害議員' 같다.

정치 개혁은 국회에서 시작되어야 한다.

임인년 사자성어를 명심해야 한다.

아줌마 파워

일본 사람들이 한국에 대하여 도저히 따를 수 없다고 부러워하는 다섯 가지가 있다고 한다. 자기들은 아무리 해도 따를 수 없다고 여기는 것이다.

첫째는 삼성전자다.

삼성전자는 처음에 일본으로부터 모든 걸 배웠다. 일본에 배워서 지금은 일본을 저만큼 멀리 추월하고 있다.

몇 해 전부터 일본 전자 회사들 전체 이익보다 삼성전자 한 회사 이익이 더 높아졌다. 그래서 일본 사람들이 삼성전자는 일본이 도저히 따를 수 없는 회사로 인식하고 있다는 것이다.

둘째는 인천 국제공항이다.

일본 사람들이 한국 여행을 와서 인천 국제공항에 내리면 한국에 대한 인식이 바뀐다고 한다. 인천 공항은 '세계 공항 평가'에서 10년 연속 1위를 차지하고 있으니 그럴 만하다.

셋째는 여자 골프다.

미국을 비롯한 국제 골프 대회에서 우승과 상위권은 절반 이상을 한국 여성들이 차지하고 있는 걸 자주 본다. 한국 여성들의 스포츠 우수성을 일본 사람들은 부러워하고 있다.

넷째는 거미줄처럼 깔린 Wi-Fi net다.

한국의 인터넷망 속도나 숫자가 세계 1위인 점은 이미 알려진 지 오래되었다. 우리나라 인터넷과 전산망은 전 세계 1등으로 선진국들로부터도 부러움을 사고 있다.

다섯째는 한국 아줌마들 파워(Power)다.

일본 여성들은 대체로 순종형順從形에 가까워 착하고 순한 인상을 받는다. 그러나 한국의 아줌마들은 일본 여성보다 거칠고 야성적인 인상을 풍긴다고 한다. 단체로 모여 다니며 목소리도 높고 행동에도 거침이 없어 일본 여자들을 그냥 밀치고 나간다. 일본 여자들은 한국 아줌마들을 만나면 그냥 피해 버린다고 한다.

아주머니나 아줌마는 통상적으로 중년 여성을 일컫는 칭호다. 보통 어버이와 항렬이 같은 여성을 가리키는 '아주머니'라 하여 친숙하게 부르는 말이었다.

조선조 시대에 와서는 형의 부인에게도 아주머니라는 칭호를 사용했다고 한다.

오늘날 '아줌마'는 아주머니를 친숙하게 일컫는 말이 되었다. 언제부턴가 우리 사회에는 아줌마라는 엄청나게 큰 힘을 가진 세력이 등장하고 있다.

남존여비男尊女卑 사상이 지배하던 전근대 사회를 생각하면 여성의 지위가 크게 향상된 셈이다.

1980년대 이후 남녀 성차별을 없애고 여성의 정치, 사회, 법률상 지위와 역할을 강력히 주장하는 페미니즘Feminism의 등장은 아줌마 파워를 더욱 키워주고 있다.

최근 미국 캘리포니아주 한 대형마트에서 있었던 일이다.

한국계 미국인이 운영하는 마트에 백인 남성 한 명이 마스크를 쓰지 않고 들어섰다. 마트 주인이 제지하자 오히려 고함을 치며 폭력적 행동까지 하려고 했다.

주변에 있던 한인 여성들이 나서 '마스크를 쓰지 않을 거면 당장 나가'라고 말하며 강하게 덤벼들었다. 결국 백인 남성이 쫓겨나는 동영상이 트위터에 공유되어 하루 조회 수 177만 이상을 기록했다.

기사에는 아줌마Ajumma라는 한국말 단어가 알려지기도 하였다. 아줌마의 존재는 집안에 들어서면 가정주부이며 아내요 어머니가 된다.

외국인들은 한국 여성들이 적극적이고 진취적이면서도 가족 사랑에는 무한 봉사를 하는 훌륭한 모습으로 보고 있다.

국제어 사전에 실려 있는 '아주머니' 정의definition가 새삼 생각난다. "밖에서는 뻔뻔스러울 만큼 자기의 실리實利를 챙기지만, 가정에서는 무한한 희생과 봉사를 아끼지 않는 한국의 중년 여성"이다.

한국 사회를 다소라도 아는 외국인들은 '한국의 아줌마들은 억척스럽고 자녀를 위해 헌신하는 여성'이라고 말한다.

미국 전 대통령 오바마는 한국의 교육이 훌륭하다고 여러 차례 칭찬했었다.

집안에서 아줌마인 엄마들의 자녀 교육에 대한 열정은 세계 어느 나라보다 앞서 있다. 그러나 왕성한 교육열에 비해 자녀들 인성교육이 소홀한 건 '옥에 티'다. 자녀들에 대한 과보호過保護는 가정은 물론 국가 사회에도 부정적 영향을 끼친다.

아줌마들 세력이 더욱 커지고 건전한 방향으로 발전하는 한 우리의 미래는 밝을 것 같다.

남은들 상여

입동을 앞둔 늦가을 날씨지만 한낮에는 포근한 감이 든다.

높고 청명한 하늘 아래 곱게 펼쳐진 황금 들녘이 차창으로 스쳐 간다.

서울농협 퇴직 동인회로부터 농촌일손 돕기 행사 참여 초청을 받았다. 재직 중에는 철 따라 모내기, 벼 베기, 자연 재난 피해복구를 위한 농촌 일손 돕기를 자주 했었다.

지금 생각해 보면 수십 년 지난 아련한 추억이다.

충남 예산군 삽교농협 관내 어느 과수 농가에 버스가 정차한다. 과수원 곳곳에 사과 따기가 한창이었다. 농장 주인으로부터 '사과 따는 요령'을 듣고 과수원으로 들어섰다.

농촌 출신이기는 하지만 과수원 일은 처음이다. 처음 해보는 일이지만 사과 따는 일은 크게 힘들지 않았다. 튼실하게 익은 사과를 따 바구니에 수북이 채우는 재미에 '수확의 기쁨'마저 느껴졌다.

3시간 남짓 작업을 하고 일손 돕기 행사는 모두 끝났다.

오후 일정은 문화재 탐방 계획에 따라 '남은들 상여'가 있는 '남연군南延君' 묘소를 찾았다.

예산군 덕산면 광천리 남은들 마을에 차가 선다.

웅장해 보이는 가야산 원효봉 아래 남연군묘가 자리 잡고 있다. 흥선 대원군 아버지 남연군의 묘는 원래 경기도 연천군 남송 정에서 1846년 이곳으로 이장을 하였다.

대원군은 종실의 중흥中興이라는 큰 뜻을 품고 조상 묘 이장을 준비했다.

유명한 지관 정만인鄭萬仁에게 명당 터를 찾게 하였다.

전국을 답사하고 가야산에 '2대에 걸쳐 천자가 나오는 터'라고 해서 이곳을 택한 것이다.二代天子之地

그 자리에 원래 있던 가야사라는 절을 불태워 없애 버리고 남연군묘를 이장하였다. 묘소 앞 한 편의 상여 보호 각에 복제된 상여가 보관돼 있다. 궁중식 상여로 장강長江 위에 구름차일을 친 용봉龍鳳 상여다. 4귀에 용 모양의 금박이 있고, 중앙 부위에는 나무로 만든 작은 동자상이 있으며 휘장은 검정, 노랑, 흰색으로 되어 있어 근엄하면서도 호화롭게 보인다.

묫자리가 결정되고 경기도 연천 남송 정에 있는 선영의 묘를 옮겼다. 시신을 넣은 관을 500리길 운반하는데 구간별로 그 지방 주민들이 동원되어 일하였다.

각 구간을 연결하여 운구하는 동안 마지막 구간인 덕산면 광천리 남은들 주민들이 매우 극진한 정성으로 시신을 모셨다.

그에 대한 보답으로 상여를 광천리 마을에 주었고, 그 이후로 마을 이름을 따서 '남은들 상여'로 불리고 있다.

진품은 국립고궁박물관에 소장되어 있고, 이곳 복제된 상여는 2012년 문화재청 국비 지원을 받아 제작된 것이다.

이장한 지 7년 만에 대원군의 차남이 태어났고 그가 철종의 뒤를 이어 왕위에 오른 고종 황제시다.

1897년 국호를 대한제국으로 고치고 황제 즉위식을 했다. 1907년 고종의 둘째 아들 순종이 대한제국 2대 황제로 즉위했다.

지사 정만인의 예언대로 이대천자지지二代天子之地 명당이라는 예언은 적중한 셈이다.

풍수지리는 역경(주역), 서경書經의 음양과 오행설을 기반으로 산수山水의 형세나 방위 등을 인간의 길흉화복에 연결해 설명하는 전통적 이론이다.

현시대를 살아가고 있는 많은 사람은 풍수지리 사상을 이기적인 상술이나 신비로운 미신 정도로 취급하는 경향이 있다. 그러나 막상 본인이 상喪을 당하게 되면 아무 거리낌 없이 풍수 지관의 조언을 받아들이는 현실이다.

어느 시대나 이상과 현실은 같을 수 없나 보다.

3부

노마드 & 환타지

삶이란 참으로 복잡하고 아슬아슬한 것 같다. 마음의 걱정 없는 날이 없고 부족함을 느끼지 않는 날이 없다. 어느 것 하나 결정하거나 결심하기도 절대 쉽지 않은 게 일상생활이다. 지나온 어제를 후회하고 다가올 내일을 알 수 없어 흔들리는 게 인생이다.

나그네 인생

인생이란 사람이 태어나서 죽을 때까지의 삶을 말한다.

자기 고장을 떠나 다른 곳에 임시로 머무르거나 여행하고 있는 사람을 우리는 나그네라고 한다.

두 손 꽉 쥐고 울면서 세상에 태어나 주위 사람들의 축하와 환영을 받으며 출발하는 인생길이다. 그러나 누구에게나 인생의 종말인 죽음을 면할 수 없는 게 인간의 숙명이기도 하다. 두 손 펴고 눈감으며 빈손으로 조용히 떠나가지만, 주변 사람들은 슬퍼하며 애도哀悼를 한다.

시작이 있으면 끝이 있는 것처럼 인생길에도 시작과 끝이 있다. 인생의 시작과 끝은 탄생과 죽음이다.

인류 문명이 시작된 이래 철학자를 비롯해 많은 학자와 성현들이 '세상에 잠깐 왔다가 가는 나그네 인생'을 연구해 왔다.

성경에서도 인생을 '나그네와 행인'이라고 했다. 인생은 이 세상에서 얼마 동안 나그네처럼 살다가 떠난다는 뜻이라고 했다.

청록파 시인 박목월은 말했다.

강나루 건너서 밀밭 길을
구름에 달 가듯이 가는 나그네
길은 외줄기 남도 삼백 리
술 익는 마을마다 타는 저녁놀
구름에 달 가듯이 가는 나그네

인생을 어찌 보면 여기저기 떠돌아다니는 나그네 같다.

누구나의 인생길에도 '구름에 달 가듯' 외롭고 쓸쓸하고 애상적인 걸음을 걸어가야 한다.

1965년 라디오 드라마 주제곡 '하숙생'이란 가요가 인기를 끌었다.

"인생은 나그넷길/ 어디서 왔다가
어디로 가는가/ 구름이 흘러가듯
떠돌다 가는 길에/ 정일랑 두지 말자
미련일랑 두지 말자/ 인생은 벌거숭이
강물이 흘러가듯/ 소리 없이 흘러서 간다.

쉬운 말로 적혀 있는 노래 가사지만 철학자의 심오한 사유보다 우리 마음에 더 깊은 울림을 주었다.

가수 최희준의 부드럽고 나긋나긋한 목소리로 크게 히트를 한 노래다. '나그네 인생'은 종교, 철학, 문학과 대중문화 속에서 연면히 회자膾炙되고 있는 것 같다.

나이가 들수록 인생길의 종점이 다가온다.

나는 누구인가?

나는 어디서 왔다가 어디로 가는가?

앞으로 어떻게 변할 것인가?

노년의 인생길에 접어들면 많은 의문 속에 하루하루를 살아간다.

우리가 세상을 산다는 것은 과거와 현재 미래의 연장선延長線 상에서 살아가는 것이다

과거는 돌아갈 수 없고 미래는 아직 오지 않은 불확실한 세계다. 그러기에 살아 있는 현재(Present)를 선물(Present)이라고 하지 않는가?

먼저 간 사람을 보면 죽음이라는 분명한 미래의 사실이 보인다. 현재의 시점에서 나는 미래를 위해 무엇을 해야 할 것인가?

모든 종교가 가진 공통점이 있다.

인간이 죽으면 흙으로부터 온 육신은 흙으로 돌아가고, 하늘로부터 온 영혼은 본향本鄕인 천국으로 간다고 했다. 천당과 지옥이 있는 내세來世는 인생을 어떻게 살았느냐에 따라가는 곳이 달라진다고 했다.

선을 행한 인생은 천당으로, 죄를 범한 인생은 지옥으로 간다는 권선징악勸善懲惡 적 삶을 권유한다.

불경의 공수래공수거空手來空手去라는 말은 빈손으로 태어나 빈손으로 죽는다는 의미다.

너무나 짧은 인생 모든 걸 내려놓고 비우는 삶을 살아야겠다.

나를 찾아가는 인생길

사람은 누구나 '응애, 응애'하고 울면서 세상에 태어난다.

세상에 태어나는 순간 혈육의 정을 얻고, 자라면서 친구들과 직장 동료들을 사귀면서 우정을 나눈다.

세상을 살아가는 동안 사랑의 강에 발을 담그게 되고 남녀 간에 사랑하며 애정을 느낀다. 혈육의 정과, 우정, 애정이 서로 뒤엉킨 채 순환하는 세상을 살아가는 게 인생이다.

삶이란 참으로 복잡하고 아슬아슬한 것 같다.

마음의 걱정 없는 날이 없고 부족함을 느끼지 않는 날이 없다. 어느 것 하나 결정하거나 결심하기도 절대 쉽지 않은 게 일상생활이다. 지나온 어제를 후회하고 다가올 내일을 알 수 없어 흔들리는 게 인생이다.

말로는 쉽게 행복하다 기쁘다고 말하지만, 누구나 힘든 일은 있게 마련이다. 사람마다 어느 정도 기쁘고 즐겁게 살아가고 있는지 알 수는 없지만, 그저 모두가 분주하게 인생길을 걷고 있다.

나이 들고 건강을 잃으면, 아! 이게 아닌데….

왜 그렇게 열심히 어디를 향해, 무엇 때문에 가고 있는 건지 모를 일이다.

결국, 인생은 내가 나를 찾아갈 뿐인데. 고통, 갈등, 불안, 좌절 등은 나를 찾아가는 인생길에서 부딪치는 힘든 것들이다.

삶의 의미가 과연 무엇일까?

인생 삶의 목적과 성취와 만족을 어떻게 찾을 수 있을까?

인류 역사상 수많은 사람이 이 중요한 질문에 끊임없이 고민해 왔다.

왜 살아야 하는가? 어떻게 살 것인가?

고대, 중세, 근대의 모든 철학자가 물어 왔지만 결국 답을 찾지 못했다.

삶의 이유를 명예와 권세를 얻기 위해, 혹은 가족을 위해서, 또는 사회에 도움이 되기 위해서라고 답하는 이도 있다.

살아가는 이유나 목적은 행복 속에 포함된 부와 사랑 그리고 명예 등을 얻고자 하는 것이 보편적인 답변이다.

삶의 의미나 목적은 부모가 주는 것도 아니요, 스승이 가르쳐주는 것도 아니다. 멘 토가 만들어 주는 것도 아니며, 오로지 스스로 만들어내는 위대한 인생 여정이다. 또한 그 의미가 반드시 위대해야 하는 것도 아니다.

너무 높거나 허황한 삶의 의미를 설정한다면 필시 좌절이라는 파국을 맞을 수도 있다. 도리어 어떤 삶의 목적도 가질 수 없는 상황에 내몰릴 경우도 있다.

아무리 화려해도 몸에 맞지 않은 옷을 입으면 불편하듯이, 아무리 멋진 풍경도 마음이 다른 데 있으면 눈에 들어오지 않듯이….

내가 아닌 남의 삶을 모방하며 살고 있으면 늘 불안한 것이다.

너무 높아 좌절하지 않고 작은 만족에 기뻐할 수 있는, 그런 소박하지만, 힘이 넘치는 의미를 찾아 삶의 여정을 헤쳐나가야 한다.

삶은 거만해지지 말라고 가끔 시련의 아픔을 준다.

삶은 겸손해지라고 어느 날 힘든 일을 겪게 만든다.

삶은 낮아지는 법을 배우라고 자꾸만 채찍질하는 것이다.

아픈 만큼 곱게 다듬고 힘든 만큼 지혜롭게 커가라고 무엇인가를 일깨워 주고 있다.

사람의 관계란?

우연偶然히 만나, 관심關心을 가지면, 인연因緣이 되고, 공功을 들이면, 필연必然이 된다고 한다. 사람人은 만나遇봐야 그 사람을 알고, 사랑愛은 나눠봐야 그 사랑의 진실을 알 수 있다.

"우리는 좋은好 사람으로 만나, 착한善 사람으로 헤어져, 그리운戀 사람으로 남아야 한다."

사람은 누구나 인생길에서 나를 찾은 그 날부터 삶은 고통에서 기쁨으로, 좌절에서 열정으로, 불안에서 평안으로 바뀐다. 이것이야말로 각자의 인생에서 만나는 가장 극적인 순간이요, 가장 큰 기쁨이다.

잠깐 쉬면서 나를 한번 뒤돌아보자.
내가 보일 때 기쁨과 행복도 찾아온다.

난 참 바보처럼 살았군요!

며칠 전 한 지인으로부터 카톡을 한 통 받았다.

지금은 고인이 된 여배우 최은희 씨에 관한 신문 기사였다.

90을 넘긴 당대 최고의 여배우가 경기도 어느 요양병원에서 한 인터뷰 기사다.

요양원에서 외롭고 쓸쓸하게 혼자 떠날 날을 기다리던 때였다.

잘나가던 시절 입양해서 키워준 자식들도 원로 여배우를 모시지 않고 양로원에 맡겨놓고 있었던 것 같다.

그 옛날 조용한 지적 여인상으로 최고의 미모와 연기력을 보여준 스타다. 한 시대를 주름잡던 그의 파란만장한 삶을 보며 인생무상을 느꼈다. 한때는 북한의 권력자 김정일이 탐내어 납치까지 당했던 여배우다. 이런 미모의 여인도 늙음과 죽음 앞에는 한없이 초라해 보이는 모습이 너무 외롭고 불쌍해 보였다.

자신의 장례식엔 가수 김도향의 노래를 장송곡으로 해 달라고 부탁을 했다.

난 참 바보처럼 살았군요.

어느 날 난 낙엽 지는 소리에/ 갑자기 텅 빈 내 마음을 보았죠.

그냥 덧없이 살아 버린/ 그런 세월을 느낀 거죠

저 떨어지는 낙엽처럼/ 그렇게 살아버린 내 인생을

잃어버린 것이 아닐까/ 늦어 버린 것이 아닐까?

흘러 버린 세월을 찾을 수만 있다면/ 얼마나 좋을까 좋을까.

난 참 바보처럼 살았군요. 난 참 우 우.

< 중략 >

난 참 바보처럼 살았군요. 우 우.

자기 죽음에 장송곡으로 선택한 노랫말이 너무 애잔하고 허무한 것 같다. 사람은 누구나 자신의 화려했던 삶에 무기력한 채 빈손으로 떠나간다.

빈손으로 떠나가는 저승길에 돈도 명예도 필요 없고, 부富도 화려함도 모두 다 무슨 소용이 있겠는가? 모든 건 다 물거품처럼 사라져 버린다.

"인생은 나그넷길 빈손으로 왔다가 빈손으로 가는 것"이라는 노래가 더욱 실감 나게 들리는 것 같다.

인간에게 생로병사生老病死의 과정은 피할 수 없는 숙명이다. 대자연 속에 펼쳐지는 드라마 같은 인생사다. 생의 마지막이자 가장 중요한 길이라 할 수 있는 죽음은 스스로 미리 준비해야 한다.

살아온 날을 아름답게 정리하는 평안한 삶의 마무리를 '웰-다잉

(Well-Dying)이라고 한다.

자신의 생을 뜻깊게 보낼 뿐 아니라 남아 있는 가족들에게도 도움이 되는 것이라는 인식이 확산하면서 나타난 현상이다.

노년의 친구들이 모이는 자리에 빠지지 않고 등장하는 화제가 있다. '건강할 때 먹고 싶은 것 다 먹고, 가고 싶은 곳 모두 가보고, 하고 싶은 것 다 하고 살다 가자….'

자식들을 위해 희생과 고생은 더 하지 말자는 주장도 이어진다. 아이들의 남은 세계는 더 좋은 세상이 기다리고 있다. 황혼의 인생길에 여생을 더욱 즐겁게 보내라고 한다.

이구동성異口同聲 남은 인생 친구나, 연인과 함께 여행 다니면서 인생 말년을 재미있게 보내는 것이 제일이라고 한다.

노화를 자연스럽게 받아들이고 건강하고 행복하게 나이 드는 일을 배우자.

세상의 변천사에 따라 시대적 '고려장'이 된 오늘의 요양원이다. 요양원을 가고 싶어 가는 사람은 없을 것이다.

자식들 가족들에게 수고를 덜어 주기 위해 울며 겨자 먹기로 가는 곳이다. 요양원의 적나라赤裸裸한 현실을 바라보는 노년의 삶에는 허무감과 서글픈 감정이 일렁인다.

못난이 김치

옛날 어릴 적에 '참외 서리'를 해본 경험이 있다.

친구들과 어울려 남의 참외를 몰래 따먹는 장난이었다. 밤에 남의 참외밭에 몰래 들어가 참외를 따다가 감추어 둔다. 다음날 친구들이 모여 그 참외를 먹으며 시시덕거리던 어린 시절 추억이다.

신기한 것은, 달고 잘 익은 참외일수록 벌레가 일부를 파먹은 경우가 많았다. 벌레가 먹은 부분을 떼어내고 먹으면 그렇게 달고 맛있을 수가 없었다.

'벌레가 먹은 과일이 더 맛있다.'라는 옛말이 있었다. 그 말은 그르지 않았다. 그러나 그때나 지금이나 조금이라도 흠이 있는 참외는 상품 가치가 없다.

사람들은 겉모양이 예쁘고 신선해 보이는 참외를 찾는다.

'보기 좋은 떡이 먹기도 좋다!'는 속담도 있다.

과일과 채소는 겉모양이 상품 가치로 인정을 받는다. 겉모양이나 색깔이 가격 결정 요인이 된다. 생산 농가나 유통업체에서는 모양이 보기 싫거나 흠집이 있으면 솎아낸다. 크기나 색깔이 비슷하고 신선해 보이는 농산물이 소비자에게 간다. 모양이나 크기가 일정하지 않고 흠이 있어 버려지는 야채나 과일은 생산량의 3분의 1 가깝다고 한다. 상품화되지 못하고 버려지는 농산물을 '못난이 농산물'이라고 한다.

최근 우리 고장 충북에서 '못난이 김치'를 개발하여 인기를 끌고 있다.

배추재배 농가와 김치 제조업체를 연결하여 겉모양이 못생긴 배추를 김치로 만들어 파는 것이다.

포기김치 10㎏이 3만 원 정도다. 시중에서 판매되는 김치가 5만 원대이니 저렴한 가격이다.

지난달 한국외식업 중앙회 사이트에서 6시간 만에 계약 물량 10t이 매진賣盡되었다고 한다. 계약된 물량이 200t이 넘고, 일본, 미국, 베트남 등 수출도 시작되었다.

저가로 파고드는 중국산 김치에 맞서는 데 큰 역할을 할 것이다. 못난이 김치는 기존 김치보다 겉모양은 모르지만, 맛과 영양은 떨어지지 않는다. 최소한 차이가 없거나 더 좋을 가능성이 크다.

못난이 김치는 지금 전국적인 선풍을 일으킨다. 버려질 위기에 놓인 농산물을 소비하는 것은 친환경을 실천하는 것이기도 하다.

얼마 전 소비자 설문 조사에서 61% 가 못난이 농산물을 구입한 경험이 있다고 했다. 96%가 재구매 의사를 밝히기도 했다.

최근 대도시 도로변에 많이 생겨난 야채 가게도 못난이 농산물 소비 증가 때문인 것 같다.

못난이 김치 발상은 우리 고장 충북 도지사의 아이디어라고 한다.

도백道伯은 4년 전부터 괴산에서 고구마, 옥수수, 콩 등 농사를 짓고 있다. 아들과 며느리가 귀농해서, 온 가족이 함께 농사를 짓는다.

배추 농사하는 사람들을 보니 좋은 배추만 팔고, 절반 이상을 버리는 것이다. '이걸 버리지 않는 방법이 없을까?' 생각하다가 '못난이 김치'를 고안했다. 김치의 정체성도 살리고 농민의 자존심도 살린 셈이다. 못난이 김치는 국산 김치를 살리는 '의병 운동'이나 다름없다.

얼마 전 국회에서 여당 원내 대표가 시정 연설을 했다.

우리나라의 경제, 사회, 문화 등 모든 분야가 선진국이 되었으나 정치만 아직도 4류에 머물고 있다는 것이다.

대학 시절 민주화 투쟁에 앞장섰던 정치인들이 나라 살림을 어렵게 만들어 놓았다. 이념에 전도되고 정권욕에만 사로잡힌 그들은 정쟁만 일삼고 국가 경영 능력이 없는 것 같다.

국민은 정치를 혐오하고 4류 정치를 부끄러워한다.

잡초 속에도 아름다운 '풀꽃'이 피었다. 같은 운동권 정치인이지만 우리 지방 도지사는 달랐다. 못난이 김치 개발을 하였고 의료비

후불제를 고안하는 등 도정 전반이 신선해 보인다.

운동권 출신답지 않게 사고의 폭이 넓고 아이디어가 풍부하다. 2021년에는 부인과 함께 '광주민주화운동 증서'도 반납했다.

민주화 운동 가족에게 교육, 취업, 의료, 주택 지원을 하는 '민주화 유공자 예우법'을 반대했기 때문이다.

그는 국가 보훈처장 앞으로 보낸 편지에 이렇게 썼다.

"저와 아내의 민주화를 위한 작은 희생조차도 그동안 너무나 과분한 대우를 국민으로부터 받아 왔습니다."

"저희가 민주화 운동에 참여할 때는 결코 이런 보상을 받으려고 한 일이 아니었습니다."

백일홍(배롱나무)

내가 세상에 태어나기 전에 할아버지께서 지은 집이라고 했다.

500여 평 대지에 근동에서는 보기 드문 커다란 집이었다.

대농가의 많은 식구가 살던 집은 오랜 세월이 지나며 가족이 줄었다. 마지막까지 어머니를 모시고 살다가 내가 옛집을 헐고 그곳에 전원주택을 새로 지었다.

자그마한 정원을 조성하고 현관 앞에 배롱나무(백일홍) 두 그루를 심었다. 봄철이 되어도 피지 않던 꽃이 여름이 되며 피기 시작했다. 다른 꽃들은 봄철에 만개하는데 백일홍은 여름철에야 아름다운 자태를 뽐내는 것이었다.

한 그루 나무에서는 밝고 선명한 흰 꽃이 피고, 또 다른 나무에는 붉은빛깔 꽃이다.

내가 거처를 서울로 옮긴 후에는 배롱나무가 집을 지키고 있다. 일주일에 한 번씩 찾아오는 나에게 백일홍은 반갑게 인사를 하는 것 같다. 한 주일 내내 붉고 하얀 백일홍꽃들이 화사한 자태로 빈집을 지키고 있다.

백로白露가 지나고 찬 기운이 도니 백일홍도 꽃잎이 지기 시작한다.

시골을 다녀올 때마다 아내는 내게 '빈집' 안부를 묻는다.

지난주에는 백일홍 꽃소식을 알려 주니 배롱나무(백일홍) 심은 지가 벌써 만 10년이 되었다고 한다.

배롱나무 두 그루는 이제 이 집의 상징물이 되고 있다. 정원에 있는 몇 그루 다른 나무들보다 마음이 쓰이고 정이 간다.

여름 하면 꽃보다는 무성하고 짙은 녹음을 생각게 하는 계절이었다. 하절夏節에 피는 여름꽃이 백일홍, 무궁화, 능소화라는 걸 늦게 알았다. 백일홍 꽃말은 행복, 꿈, 웅변, 수다스러움이란다.

백일홍에 얽힌 설화說話는 젊은 남녀의 애틋하고 슬픈 사랑 이야기다.

<먼 옛날, 어느 바닷가 어촌 앞섬에 머리 3개가 달린 이무기가 살았다. 그 어촌에서는 화를 면하기 위해 해마다 이무기에게 처녀를 제물로 바쳐 왔다. 어느 해, 한 처녀가 선정되었는데 그 처녀를 사랑하던 청년이 그를 구하기 위해 여자 옷을 입고 제단에서 기다렸다. 이무기가 나타나자 청년은 칼을 뽑아 이무기의 머리 두 개를 잘랐으나 한 개는 자르지 못한 채 이무기는 섬으로 도망쳤다. 이를 지켜본 처녀는 살려준 은혜에 청년의 낭군이 되겠다고 했다. 그 청년은 이무기의 남은 머리를 자르는 데 성공하면 흰 깃발을 단 배를 타고 돌아오겠다며 섬을 향해 떠났다. 처녀는 청년이 무사히 살아오기를 간절히 기원하며 100일이 되던 날 저 멀리 청년이 탄 배

가 오는 모습을 보았다. 그런데 배에는 흰 깃발이 아닌 붉은 색 깃발이 펄럭이는 것이다. 붉은색 깃발을 본 처녀는 청년이 죽은 것으로 짐작하고 사랑하는 임 곁으로 간다며 바다에 몸을 던져 죽는다. 이무기와 100일 동안 싸우느라 피투성이가 된 청년은 붉은 깃발을 달고 오는 중이었다. 그 후, 그 처녀의 무덤가에 나무 한 그루가 자라나 100일 동안 붉은 꽃을 피웠다. 죽은 처녀의 혼이 살아난 나무라 하였고 꽃 이름도 백일홍으로 지었다,〉

백일홍은 송강 정철, 사육신 성삼문 등 시인 묵객墨客들로부터도 많은 사랑을 받아 왔다.

사군자만큼이나 백일홍을 좋아하고 벗 삼으며 주옥같은 시를 남겼다. 한여름 길을 가다 보면 여기저기 곱게 핀 꽃, 가던 길을 멈추고 한 번쯤 쳐다보는 꽃이 백일홍이다.

내년에는 우리 집 정원 백일홍 만발할 때 옛 친구 몇 사람 불러 꽃그늘 아래 모여 앉아 한평생 시름 다 털고 술 한 잔 나누어야겠다.

봄빛 가득한 동산에 자미화 곱게 피어
그 예쁜 얼굴 옥비녀 더 곱구나.
망루에 올라 장안을 바라보지 마라
거리의 사람들 모두 네 모습 사랑하여 다투리.

(송강 정 철)

세상 말세末世

도덕 풍속 정치 등 모든 사회질서와 정신이 타락하고 쇠퇴하여 끝판에 이른 세상을 말세라고 한다.

요즘 세태를 보면 시대의 종말을 보는듯한 느낌이다.

거액 보험금을 노리고 내연남과 공모해 남편을 죽인 '계곡 살인 사건'은 소름이 끼치게 한다.

오스템 임프런트 횡령, 아모레 횡령 등 각종 사건이 세상을 어지럽게 한다. 사회 지도층 인사들 비리도 끊임없이 이어지고 있다.

정권이 바뀌고 청문회 하는 걸 보면 비리 때문에 장관을 시킬 수 없는 경우가 너무나 많다. 더욱 눈 뜨고 볼 수 없는 꼴은 정치인들 파렴치 행위다.

국가나 사회 지도자들은 염치가 있어야 한다. 특히 정치 지도자라면 부끄러워하는 마음을 잊어서는 안 된다.

보통 사람들은 길가에 떨어진 돈을 쉽게 줍지 못한다. 잘못이 드러나면 얼굴이 붉어지게 마련이다. 바로 염치라는 게 있기 때문이다. 지금 세상에는 염치없는 사람이 너무도 많은 것 같다.

국가 최고 지도자인 대통령도 염치가 있어야 하는 사람이다. 대통령 권력으로 할 수는 있어도 결코 해서는 안 되는 일은 스스로 멈추게 하는 것이 염치이기 때문이다. 대통령이 염치가 없으면 권력 전체가 염치가 없고, 세상이 모두 염치가 없어진다.

불법과 비리를 저지른 사람들 수사를 하지 못하도록 억지로 만든 '검수 완박법'에 퇴임하는 대통령이 서명했다.

자신은 물론 낙선한 대권후보를 보호하기 위해서다. 그럴 뿐만 아니라 불법 비리에 연루된 국회의원들이 주동하여 자신들 안전보장을 하려고 국민이 반대하는 법을 만든 것이다.

돈 때문에 내연남과 합세하여 남편을 살해한 여인이나, 자기들 안전보장을 위해 억지 법을 만드는 몰상식한 국회의원들을 보며 분노가 치민다.

우리는 뭔가 비하할 대상이 있으면 개를 끌어들인다.

'개 같은….' '개만도 못한….'

개판, 개자식, 개 망나니, 개차반, 개망신…. 그러나 요즘 터져 나오는 사건 사고 뉴스를 들으면 함부로 개를 갖다 붙일 일도 아니라는 생각마저 든다.

미국 콜로라도 대학교 생태학, 진화 생물학자인 '마크 베코프' 교수는 밝혔다.

'동물 행동학 30년'에서 '개도 옳고 그름을 분별할 수 있다'라고 주장한 것이다.

염치를 모르는 사람은 그가 속한 조직이나 사회에 해를 끼친다.

우리 사회는 지금 윤리성을 잃은 사람들이 판치는 세상이다. 잘못이나 비리를 저질러도 법의 심판을 받으려 하지 않는다. 권력과 돈을 앞세워 마치 특권층 행세를 하고 있다.

지금 우리 사회는 윤리성 회복이 그 어느 때보다 시급한 실정이다. 윤리성을 회복하기 위해 학교에서도 직장에서도 윤리교육을 강화해야 한다. 그러나 무엇보다 중요한 것이 가정교육이다. 가정에서부터 윤리의식을 길러줘야 윤리적인 행동이 본능적으로 나온다.

'바늘 도둑이 소도둑 된다.'

'거짓말하면 패가망신한다.'

'남의 것에 손대면 하늘에서 벌을 내린다.'

우리는 어려서부터 이런 윤리적 잔소리를 들으며 성장해 왔다. 요즘 신세대 부모들은 자식들에게 윤리라는 걸 가르치지 않는 것 같다. '수단 방법 가리지 말고 경쟁에서 무조건 이기고, 손해 보는 일은 하지 말라'고 얘기한다는 것이다.

참담한 비극이 아닐 수 없다.

인간이 고귀한 존재인 것은 지능이 높아서가 아니라 윤리를 알고 도덕적인 행동을 하기 때문이다.

안락사安樂死

요즈음 노년의 친구들이 모이는 자리에서 빠짐없이 등장하는 화제가 있다.

'사전 연명의료 의향서'에 관한 이야기다.

나중에 아파서 회복할 수 없는 상태가 됐을 때 연명 의료를 받지 않겠다는 뜻을 미리 밝혀 두는 서류다.

살아날 가망이 없는 환자를 본인 또는 가족의 요구에 따라 고통이 적게 인공적으로 죽음에 이르게 하는 일이 '안락사'다.

서경書經에서는 인간의 오복五福을 수壽, 부富, 강령康寧, 유호덕攸好德, 고종명考終命이라고 했다.

인간은 오래 살고 부귀를 누리며 건강하게 살기를 바란다. 그뿐만 아니라 도덕을 숭상하고 명대로 살다가 평안하게 죽는 걸 원했다.

백세 시대를 맞으며 우리는 고령화 사회에 접어들고 있다.

2020년 우리나라 사람 '평균 기대수명'은 83.5세라고 한다. 그러나 '건강 수명'은 66.3세로 17.2세 차이가 난다. 평생에 17년 이상을 질병에 시달리며 건강하지 못한 상태로 산다는 의미다.

이들 중 의식을 잃은 상태에서 무의미한 연명 치료로 사는 이들도 적지 않다. 최근 연명 치료를 받지 않겠다는 사전 의향서를 작성한 사람은 130만 명으로 3년 새 6배로 늘었다고 한다.

고령화 사회로 접어들며 존엄성을 지키며 생을 마감할 수 있는 권리에 관한 관심도 갈수록 높아지고 있다.

사람들은 고통 없이 편안하고 인간답게 죽고 싶어서 안락사를 원한다. 많은 사람이 고통스럽게 죽고 있다는 점을 고려해 안락사에 대한 입법까지 추진하고 있는 현실이다.

노년기 질환은 필연적인 현상이다.

무병장수하는 소수를 제외하면 중장년부터 만성 질환이 시작된다. 살다 보면 어느 순간 스스로 거동도 식사도 어려워진다. 부득이 병원을 거쳐 요양병원이나 요양원으로 가야만 한다.

내 육신을 스스로가 아닌 타인의 도움을 받아 관리하게 된다. 인간이 맞이하게 되는 한계 상황이다.

노인들이 "아프지 않게, 다른 사람에게 폐 끼치지 않게 죽는 것"을 소원하게 되는 배경이다.

인간의 죽음 앞에 분명한 것은 '사람은 누구나 죽고, 나 혼자 죽으며, 아무것도 가지고 갈 수 없다'라는 사실이다. 언제, 어디서, 어떻게 맞을는지 알 수 없는 게 인간의 죽음이다.

얼마 전에 타계하신 이 시대 최고의 지성인 이어령 박사는 생전에 말했다.

"절대로 병원에서는 안 죽겠다.

내가 아는 사람들이 지켜보는 가운데서 '안녕'을 고하는 것이 내 마지막이자 최고의 희망이다."

암과 더불어 살다가 마지막으로 '메멘 도리'를 남기고 떠나가셨다. 메멘 토리(Memen Tori)는 라틴어로 죽음을 기억하라는 말이다.

모든 시작에는 끝이 있듯이 인생도 언젠가는 끝이 온다. 혹독한 겨울이 봄을 낳고, 겨울이 지나면 봄이 오듯 인생의 죽음도 끝이 아니라고 했다. 봄이 오면 죽은 것 같은 들풀이 새싹으로 살아나듯 인간은 죽음으로 끝나지 않는다.

모든 사람이 세상에 태어나는 방법은 거의 비슷하다. 그러나 세상을 하직하는 방법은 천차만별이다. 그래서 인간의 평가는 태어나는 것보다 죽는 것으로 평가된다.

우리가 죽음을 알아야 올바르게 살 수 있다. 그래서 항상 준비하고 있어야 한다.

사랑과 배려, 용서와 화해로 감사하는 인생을 살아야 할 것 같다.

얼굴

지난해 연말 어느 모임에서 우연히 성형수술에 대한 화제가 나왔다.

회원 중 어느 은행의 지점장을 지내다가 은퇴한 사람이 화제에 올랐다. 이제는 나이가 들어 모두 얼굴에 주름살과 검버섯이 난 볼품없는 모습들이었다. 그런데 그 친구는 얼굴이 뽀얗고 주름살도 없어져 좌중의 부러움을 샀던 것이다.

그 사람은 얼마 전 성형외과에서 얼굴 수술을 받았다고 한다. 말하자면 얼굴의 점을 빼고 주름살도 펴는 성형수술을 한 모양이다. 어찌 되었든 병원 신세를 진 그 친구의 얼굴 모습은 다른 친구들보다 보기가 좋았던 게 사실이다. 나도 언젠가는 얼굴의 점이라도 빼어야겠다고 생각하고 있었다.

한동안 잊고 있다가 어느 날 서점을 찾으며 걷고 있는데 성형외과 간판이 문득 눈에 뜨이는 것이 아닌가. 책방 가려던 계획을 취소하고 곧바로 병원으로 들어갔다.

병원이긴 해도 그동안 내가 다녀본 다른 병원들과는 분위가 다른 느낌이었다. 병원은 몸이 아프거나 건강검진을 하러 가는 곳으로 알고 있었으니…. 안내하는 간호사를 따라 상담실로 들어갔다.

일반 병원에서는 접수를 하고 나면 담당 의사가 있는 진찰실 앞에서 기다리는 게 상례다. 이곳에서는 그게 아니었다. 곧바로 내 얼굴의 점과 검버섯을 거울로 보여주며 수술할 범위를 묻는 것이다. 따라서 비용이 얼마나 들 것인지도 이야기를 한다. 더욱 이해하기 힘든 건 수가酬價를 할인해 준다며 흥정하는 듯한 인상을 주었다.

수술실에 누워 기다리고 있으니 담당 의사가 들어온다. 눈을 가리고 무슨 기계인지는 모르지만 열熱을 뿜어 수술 부위部位를 지지고 있었다. 살(근육) 타는 냄새가 코를 찌른다. 얼굴의 상처 난 부분을 붕대로 싸매고 병원 문을 나서려니 주변 사람들 시선에 신경이 쓰인다.

며칠 동안은 부득이한 일이 아니면 외출도 삼가야 하는 불편을 겪어야만 했다. 상처가 아물고 새 살이 돋아나 딱지가 떨어지고 나니 얼굴 전체가 옛날과는 다른 모습으로 보인다.

거울에 비친 자신의 뽀얀 얼굴 피부에 미소가 떠올랐다.

사람에게 얼굴이란, 자신을 대외적으로 알리는 일차적 명함과 같은 게 아닐까 하는 생각이 든다.

처음 만나는 사람끼리는 서로 간에 인상印象이라는 게 있다. 그 사람의 첫인상은 인간관계를 맺는 데 결정적인 역할을 한다.

첫인상이 좋고 나쁘냐에 따라 서로 간에 맺어지는 인연도 결정되는 게 인간사회의 현실이다.

오랜 세월 동안 인연을 맺으며 살아가는 동안 얼굴보다는 심성心性이 더 소중하다는 걸 우리는 종종 느낄 때가 있다.

얼굴이나 인상은 외형상 나타나는 인간의 모습이다. 그러나 사람의 심성이란 한 인간의 내면적 가치를 표현하는 것이다.

얼굴이란 사람의 눈 코 입이 있는 머리의 앞면을 말한다. 사람의 머리 앞면 전체적 윤곽이나 생김새도 얼굴이라 부른다. 그럴 뿐만 아니라 사람이 주위에 잘 알려져서 얻은 평판이나 명예 또는 체면을 의미하기도 한다.

사람의 얼굴보다는 그의 심성이 더 소중한 건 맞다. 그러나 대부분의 경우 사람의 심성은 그 얼굴에 나타나고 있다는 생각이 든다.

얼굴이란 말의 '얼'은 정신의 줏대를 의미하는 것 같다. 사람의 넋이나 정신 영혼을 얼이라 하지 않을까.

'굴'이란 움푹 팬 곳을 의미하는 것 같다窟.

사람의 얼이나 정신이 숨어있는 굴窟이 얼굴이라면 어떨는지.

하루를 시작하며 사람들은 세수를 먼저 한다.

얼굴을 먼저 깨끗이 한다는 뜻이다.

스스로의 얼이나 정신을 간직한 부위를 깨끗하게 함으로써 상대방에게 자신의 본래 모습을 알리고 싶은 것이다.

서울의 명동이나 강남의 압구정 번화가를 걸으며 우리는 그 많은 인파와 스치고 지나간다. 마주 스치는 사람의 전체 모습은 보여도 그의 얼굴을 바라보는 경우는 드물다.

얼굴을 마주 대하며 바라보는 경우는 서로의 대화나 접촉이 있을 때다. 얼굴을 바라보며 이야기를 나누는 사이가 된다면 그 인간관계는 더 가까워진 것이다.

좋은 뜻이든 나쁜 의미든 가까이 다가선 인간관계를 원만하게 유지하려면 좋은 인상을 주어야 한다.

좋은 인상은 깨끗하다.

좋은 인상은 맑고 아름다운 얼굴에서 나온다.

MZ세대

요즘 사회에 자주 오르내리는 말 중 하나가 '엠지(MZ)세대'인 것 같다.

MZ세대란 밀레니얼 세대(Y세대)와 제트세대를 합해서 부르는 신조어다. 1984~1996년에 태어난 엠(M) 세대, 1997~2010년에 태어난 제트(Z)세대를 말한다. 금년 기준으로 대략 16세로부터 37세에 이르는 젊은이들을 이르는 말이다.

MZ세대가 사회적 화두가 된 지도 10년이 지났다.

이들이 성장하면서 가정 학교 직장 군대라는 조직 사회에 엄청난 변화가 일어나고 있다. 사고방식은 물론 일하는 방법 노는 방식도 기성세대와는 다른 세대이기 때문이다. 그야말로 신인류가 탄생한 것이나 마찬가지다.

이들의 부모 세대인 베이비붐 세대(1955~1969년)에는 신생아가 한 해 100만 명 정도 태어났으나, MZ세대가 태어난 시대에는 신생아가 그 절반으로 줄었다.

부모 세대들은 가난에서 벗어나고자 억척스럽게 살아온 사람들이다. 워낙 고생하며 살아서 그런지 자녀에 대한 투자에 적극적이었다. 그 덕에 MZ세대들은 여유롭게 살았으며, 대학 진학률 80%를 넘는 고학력 집단이다. 이들은 성장기에 인터넷, 스마트폰, SNS 같은 신기술 혜택을 본격적으로 누리고, 해외여행도 자유롭게 하면서 가치관이 자유롭고 개인주의 성향이 짙은 편이다.

조직과 국가를 위해 희생하며 살아온 부모 세대와는 확연히 구분된다. 이들 세대는 다른 세대보다 축복을 받은 계층이라 볼 수 있다. 부유한 환경에서 교육 잘 받고, 급격히 발전한 과학기술 덕택에 편리한 삶을 영위할 수 있게 된 것이다.

좋은 성적, 좋은 대학교, 그다음은 일류 직장이 소원이다. 이들은 사회에서 인정받을 수 있는 성공의 기준을 좇아 치열하게 경쟁하며 성장해 왔다. 그러나 사회 진출 시기가 되자 경제 불황으로 인한 취업난에 맞닥뜨리게 되었다.

성공이 보장된 길이라고 믿으며 온 힘을 다해 노력해온 MZ세대는 좌절했고, 진정한 성공과 행복에 대한 근본적인 고민을 시작했다. 그 결과 일등이나 대기업 등 사회와 타인이 성공이라고 여기는 가치들이 자신에게는 더 행복을 가져다줄 수 없다는 사실을 분명히 깨달았다.

MZ세대는 정보화 사회 제1세대이며, 민주화 의식이 강한 특성이 있으며, 조직의 팀워크보다는 개인주의가 강한 특성도 있다. MZ세대가 성장하고 중·고등학생, 대학생이 되며 제일 먼저 당황한 집단은 교사와 교수 측이였다.

공부하고 노는 방식이 다르고 대화하는 방식이 다른 학생들이 나타난 것이다. '말이 안 통한다, 버릇이 없다, 예절을 모른다, 저밖에 모른다, 4차원 인간이다.'라는 등 이런 표현들은 MZ세대와 기성세대의 문화적 충돌에서 나온 아우성이다. 이들이 성장하여 직장과 사회로 진출하며 기성세대와 문화적 충돌을 일으킨 것이다. 민주화 의식이 강한 이들은 정의 인권 공정 평등에 민감하고, 권위주의 상명하복 갑질에는 강력하게 저항한다.

기성세대가 보기에 그들의 태도가 마뜩잖지만, 업무처리는 막강한 능력이 있는 걸 알았다.

MZ세대들은 바르고 정확하게 업무처리를 한다.

자율성을 주면 날고뛰지만 간섭하고 통제하면 거침없이 대든다. 세상 변한 걸 모르고 잔소리하며 간섭하는 기성세대를 이들은 '꼰대'라고 부른다. 한국 단어 꼰대는 지금 영어 사전에까지 'GGONDAE' 라고 올라 있다.

어느 시대나 하늘에서 뚝 떨어진 세대는 없다. 어떤 세대도 생물학적으로 그들 부모 세대가 있다. 문화적으로 부모를 비롯한 윗세대와 아랫세대는 영향을 주고받으며 세대 나름의 특성을 갖게 된다.

대선을 앞두고 정치권이 MZ세대 표심잡기에 분주하다. 현재 겪고 있는 MZ세대의 고통은 그들만의 문제가 아니다. 대한민국의 미래가 담겨 있다는 점에서 신중하게 판단해야 할 것이다.

'묻지마 세대(1920~1954년)', '베이비붐 세대(1955~1969년)', 'X세

대(1970~1983년)'가 기성세대라면, MZ세대와 새로 태어나는 알파 세대는 '신세대'이다.

신세대들이 이어갈 세상이 궁금하다는 생각이 그치지 않는다.

인생은 선택

사람이 태어나서 죽는 일 말고는 삶 전체가 모두 선택이다.

자기가 의도했든 의도하지 않았든 간에 무언가를 선택하면서 삶이 이어지고 있다.

우리는 선택의 연속 속에서 세상을 살아간다.

무슨 옷을 입을까, 어떤 음식을 먹을까, 어떤 책을 읽을까, 어떤 옷을 입을까, 어느 학교에 갈까, 어떤 종교를 믿어야 하나….

무릇 선택은 소중하고 어려운 것이며 엄숙한 것이다. 이처럼 선택은 인간이 살아가며 피할 수 없는 결정의 과정이다.

고인이 되신 철학 교수 안병욱 박사는 인생의 중요한 세 가지 선택을 말했다.

첫째는 직업의 선택이요,
둘째는 배우자의 선택이며,
셋째는 인생관의 선택이라고 했다.

직업을 잘못 선택하면 나의 생활은 행복할 수 없다.

인생에서 직업처럼 중요한 것이 없다. 인간의 가장 원초적인 먹고 사는 문제를 해결하는 데서부터 인생의 궁극적인 목적인 자아실현을 이루는 데까지 모두가 직업을 통해서 이루어지기 때문이다.

배우자를 잘못 선택하면 서로가 불행해진다. 잘못 선택된 배우자 가정에는 평화와 행복이 있을 수 없다.

일찍이 독일의 문호 '괴테'는 말했다.

"왕이든 백성이든 자기 가정에서, 평화를 발견하는 사람이 가장 행복한 사람이라고."

사랑하는 배우자의 가정이야말로 진정한 행복의 원천이다. 사랑이 있는 배우자의 가정은 평화와 행복의 터전이다. 인생관을 잘못 선택하면 그 인생은 어두워진다. 그 사람의 인생관은 그의 인생을 지배한다. 그러므로 올바른 인생관을 확립하는 것처럼 중요한 게 없다.

기원전 6세기 그리스의 유명한 수학자이며 철학자요 종교가였던 '피타고라스'는 '이 세상에서 제일 중요한 일이 무엇이냐. 인생을 어떻게 살아야 하는가, 그것을 가르쳐주는 일'이라고 말했다.

인생을 바로 사는 지혜를 가르쳐 주는 학문이 바로 철학이다.

어느 지하철역에서 본 글이 흥미로웠다.

'인생은 B와 D 사이의 C다'

인생이란 탄생(Birth)과 죽음(Dead) 사이에서 선택(Choice)하며 일생을 살아간다는 의미였다.

유명한 철학자의 말이라고 알려졌지만, 출처는 확인되지 않은 것 같다.

선택한 뒤에는 초심으로 돌아가 행동(Act)으로 실천해야 한다.

A B C D라는 영어 알파벳 순서로 풀어 보는 인생이라는 정의가 무척 이채롭고 재미있다.

인생에서 선택이란 하나의 결단決斷이다.

인간은 누구나 중대한 선택과 결단 앞에 방황하고 주저한다. 그러나 선택과 결단은 누구나 피할 수 없는 결정이다.

우리의 선택은 지혜롭고 신중하며 진지해야 한다. 어리석고 경솔한 선택이 인간의 불행과 곤경을 초래할 것이다. 무책임한 선택은 인간의 불행을 자초하는 원인이다.

인생의 근본 문제는 "나는 누구(배우자)와 무엇(직업)을 하며 어떻게 살까(인생관) 하는 15글자인 것 같다.

우리는 먼저 나라고 하는 주체와 자아自我를 바로 일으켜 세워야 하고, 둘째로 평생 동고동락하고 상부상조하며 같이 살아야 할 배우자를 바로 선택해야 한다.

셋째로 애정과 긍지와 보람을 느끼면서 열심히 일할 수 있는 직업을 바로 선택해야 한다.

끝으로 오직 하나밖에 없는 생명과 한 번뿐인 생애를 어떻게 살 것인가를 결정하는 올바른 인생관을 확립해야 한다.

자연장自然葬

늦가을 새벽 기온이 쌀쌀하고 한기마저 느끼게 한다.

옛날 사람들이 하던 산역山役에 비하면 요즘 굴착기 작업 능률은 경이로운 것 같다.

묘의 봉분을 잠깐 사이에 허물고 땅을 파 들어간다. 시신이 안치된 바닥이 나오고 굴착기는 작업을 멈춘다. 조부모님이 나란히 누워계신 자리가 선명하게 나타났다.

인부들이 땅속으로 들어가 호미로 흙을 긁어내며 유골을 수습한다. 인체의 머리뼈인 두개골은 사람의 형체를 가장 실감 나게 한다. 인부의 손에 잡힌 할아버지 두개골을 보며 나는 탄식하며 눈물을 흘리고 있었다. 삶의 허무감과 인생무상을 느끼며 한숨을 짓고 있었다.

내가 고교입시를 치르던 먼 옛날 추억이 주마등처럼 스쳤다.

시험장을 나서니 엄동설한 추위 속에 할아버지께서는 운동장에서 나를 기다리고 계셨다. 단장을 짚고 검정 두루마기에 중절모를 쓰고 서 계시던 모습이 잊히지 않는다. 집안 장손인 나를 유난히 사랑해 주시던 모습이 계속 눈앞에 어른거렸다.

파묘 작업은 오전 내내 이어지고 마지막으로 고조부모 파묘를 마무리했다.

고조부모 파 묫자리에서는 유골과 함께 패 철(옛날 나침판)과 연적이 나왔다. 연적은 서당 훈장을 하시던 고조부께서 글을 쓰며 먹을 갈 때 물을 담아 두던 그릇 같다.

내가 세상에 태어날 때까지 사셨고, 나의 이름까지 지으셨다고 한다. 고손을 보기는 극히 드문 일이다. 고손은 손자의 손자를 말하며 현손玄孫이라고도 한다.

패철과 연적은 매장하지 않고 집으로 가져왔다. 오후에 목련공원 화장장으로 가 화장을 마쳤다. 10위의 유골은 자손들 손에 들려 화장장을 나섰다.

화장된 유골은 바로 안장해야 하는 게 관례다. 그러나 안장을 위해서는 관청의 묘지 허가가 나야 할 수 있다. 묘지 허가가 날 때까지 부득이 집으로 유골 상자를 모셔 서재에 안치했다.

부모님과 조부모님이 생전에 사시던 집터다.

내 산에 조상을 모시기도 어려운 세상이 되고 있다. 개정된 장사법에 따르면 2001년 이후 매장한 봉분은 60년이면 의무적으로 개장해야 한다. 본인 소유 토지라도 의무가 면제되는 건 아니다. 다만 자연장으로 처리하면 다시 파낼 의무는 없다고 한다.

자연장은 관청의 허가를 받아 묘지 면적을 먼저 측량하고 지목 변경을 해 '묘지'로 하가가 나야 한다. 관청의 허가나 승인은 복잡하고 힘든 일이다. 우리나라 공무원들 민낯을 볼 수 있는 기회였다.

내가 낸 세금으로 월급을 받는 공무원 신분이다. 공무원은 납세자 국민의 일을 도울 의무와 책임이 있다. 선진국 공무원은 국민 일을 돕고 해결해 주는 데 긍정적이다.

우리 공무원들은 인허가라는 권리를 쥐고 민원인들을 규제하는 듯한 인상이다. 우리의 전통 사회에서 조상의 산소 관리는 어느 집안이고 걱정거리다. 대가족이 한곳에 모여 살던 시대에는 자손들 단합으로 모든 게 해결되었다.

산업 사회가 되고 도시로 인구가 집중되며 산소 관리는 사회 문제가 되고 있다. 2008년에 도입된 자연장은 화장한 유골의 골분을 잔디나 화초, 나무 밑 등에 묻는 방식이다. 이미 여러 선진국에서 널리 시행되고 있으며 국토를 효율적으로 활용하고, 관리 비용도 저렴하고 영속성이 보장되는 제도다.

정치인과 말조심

말은 사람의 품격을 지키는 거울이다.

그 집단의 수준을 보여주는 가늠자이기도 하다. 비속어나 막말은 그 사람이나 집단의 인격이나 정신세계를 의심케 한다.

대통령 선거 패배 후 여권 인사와 지지자들의 말이 한층 거칠고 험악하다. 더불어민주당을 지지하는 20, 30세대를 '개 딸' '양아들'이라고 한다.

개 딸은 '개혁의 딸들', 양아들은 '양심의 아들' 줄임 말이란다. 상대방에게 호전적 어감을 노린 조어법으로 볼 수 있을 것 같다.

'조국 사태' 때 '개국본'이라는 단체가 등장한 적이 있다. 조국 지지 촛불 시위를 주도한 친문 단체를 개국본이라고 했다. '개싸움 국민운동본부'의 약자가 '개국본'이라니 어이가 없다.

막말에 둘째가라면 서러워해야 할 사람들은 북한의 정치 지도자들이다. 우리나라 대통령을 향해 '삶은 소대가리도 앙천대소仰天大笑할 노릇', '맹물 먹고 속이 얹힌 소리 같은 뻰뻰스러운 내용' 등의 표현들을 서슴없이 썼다.

북한 권력자들의 수준을 보여주는 말이다.

입으로 한번 내뱉은 말은 다시 주워 담을 수 없다.

내가 두 귀로 들은 이야기라 해서 다 말할 것이 못 되고, 두 눈으로 본 것이라 해서 다 말할 것 또한 못 된다. 들은 것을 들었다고 다 말해 버리고 본 것을 보았다고, 말해 버리면 자신을 거칠게 만들고 나아가서는 궁지에 빠진다.

현명한 사람은 남의 욕설이나 비평에 귀를 기울이지 않는다. 또한, 남의 단점을 보려고 하지 않으며, 남의 잘못을 말하지도 않는다.

옛 성현들은 '모든 화禍는 입으로부터 나온다. 그러니 입을 잘 지키라!'라고 했다.

입은 몸을 치는 도끼요 몸을 찌르는 칼날이라고 했다. 내 마음을 잘 다듬어 마음의 문인 입을 잘 다스려야 한다. 입을 잘 다스림으로써 마음이 잘 다스려진다.

앵무새가 아무리 말을 잘한다 해도 제소리는 한마디도 할 줄 모른다. 사람이 훌륭한 말을 잘해도 사람으로서 갖추어야 할 예의를 모른다면 앵무새와 무엇이 다르겠는가.

세 치의 혓바닥이 몸을 살리기도 하고 죽이기도 한다.

요즘 대한민국은 막말 공화국이라 해야 할 것 같다. 정치가 뭔지 권력이 뭔지는 모르지만, 그 바닥에 몸을 담그는 순간 인간들은 막말 속에 휩쓸린다.

막말이란 게 과연 무엇일까? 듣는 사람을 배려하지 않고 조심성 없이 함부로 내뱉는 천박한 말이다.

정치인들은 무얼 믿고 막말을 할까?

자기를 믿고 지지해 주는 국민이 있기 때문이다. 자신이 나타나면 손뼉 쳐주고 누리소통망에 댓글까지 달아 주는 그 지지자들을 믿고 막말을 서슴지 않는다.

이 나라 이 국민이 양아치 같은 정치인을 만들고 있다. 국민 스스로가 만드는 자업자득인 셈이다.

우리 속담에 '말 한마디로 천 냥 빚을 갚는다.'

'말로 입힌 상처가 칼로 입힌 상처보다 깊다.'라는 말이 있다.

'삼사일언三思一言' '삼사일행三思一行'이라는 사자성어도 있다.

이 속담과 사자성어는 말, 즉 언어의 중요성을 말하는 것이다.

망언과 막말 그리고 말실수는 그 사회 공동체에 엄청난 해악을 끼친다. 공동체 사회에 독약을 뿌리는 일이나 마찬가지다.

언어의 품격을 지키는 게 선진사회로 가는 길이다. 퇴임하는 대통령과 여권 대선후보, 여권 일부 권력자들의 비리 수사를 못 하게 대다수 국민이 반대하는 '정권 비리 방탄법'을 만들었다.

막말과 선동 편법과 꼼수를 써 가며 만든 법은 헌법정신에도 어긋난다. 독재 국회에서 만든 '여권 권력자들 비리를 덮고 힘없는 국민은 피해를 봐야 하는 법'이다.

인간 이하의 저급한 정치인을 선택하며 동시대를 살아가는 현실에 한없는 자괴감을 느낀다.

포노사피엔스

'지혜가 있는 사람'이란 뜻으로, 인류 최초의 조상을 우리는 호모사피엔스(Home Sapiens)라고 한다.

호모사피엔스가 자연을 길들여 인간이 원하는 일을 시작한 농업혁명은 12,000년 전 일인데, 인류가 초능력의 기술을 갖게 된 과학기술 혁명은 겨우 500년 전 일이라고 한다.

2007년 '스티브 잡스'가 아이폰을 선보이며 스마트폰 시대를 열었다. 일상생활이 스마트폰 하나로 해결되는 시대가 도래한 것이다. 특히 젊은 세대들에게는 하나의 막강한 휴대용 무기가 나타났다. 스마트폰만 들고 있으면 소통도, 검색도, 놀이도, 업무도 24시간 실시간으로 할 수 있게 된 것이다.

스마트폰을 몸 일부처럼 쓰는 사람을 '포노사피엔스(Phono Sapiens)' 라 부른다. 스마트폰이 없으면 살기 어려운 사람들을 일컫는 말이다.

2015년 영국의 주간지 '이코노미스트'에 처음 등장한 말이다.

'포노사피엔스'는 스마트폰에 의해 삶이 변화될 것이라는 예측을 인류의 조상인 '호모사피엔스'에 비유해 만든 신조어다.

일부가 아닌 대다수 인구가 스마트폰에 의존한 삶을 살게 된다는 의미다.

스마트폰 기기의 소형화와 데이터 전송비용 하락으로 스마트폰 생활화 시기는 예상보다 빠르게 다가오고 있다.

자동차나 시계 같은 인간의 삶을 바꾼 물건들처럼 스마트폰이 인간 삶의 형태를 획기적으로 바꾸고 있다.

포노사피엔스는 스마트폰을 24시간 끼고 사는 신세대(MZ)가 주류를 이룬다.

잠을 잘 때도 폰을 침대맡에 두어야 안심이 되고 눈을 뜨자마자 스마트폰부터 찾는다. 이들에게 스마트폰은 생명을 지탱하는 도구이자 무기다.

젊은이들에게 휴대폰 사용을 못 하게 하거나 빼앗으려 들면 죽기 살기로 저항한다. 그들에게 스마트폰은 생명줄이기 때문이다. 스마트폰을 뺏으려는 부모나 담임 선생님을 폭행하는 중학생들이 나오고, 심지어는 극단적인 선택까지 하는 충격적인 사회현상까지 나타나고 있다.

도대체 휴대폰이 무엇이기에?

포노사피엔스에게 스마트폰은 신체의 일부나 마찬가지다. 그들에게서 스마트폰을 빼앗는다는 것은 신체의 일부를 뜯어가는 아픔이다.

MA 세대들이 군에 입대하면서 또 한 번 난리가 났다. 이들이 군에 들어오면서 큰 논란이 벌어진 것이 병영 내 스마트폰 사용이었다.

군대는 합법적인 계급사회라 위계질서가 중요한 곳이다. 병영 내에서 부하는 상관의 명령에 절대복종하는 사회다. 자유분방하고 민주화 의식이 강한 MA 세대들과 충돌이 불가피했다.

군에서는 처음에 젊은 병사들을 교육과 훈육으로 바로 잡으려 하였으나 그것은 불가능한 일이었다.

병영문화 개선을 위한 위원회가 설치되고 많은 대책이 나왔지만, 초기에는 별 성과를 거두지 못했다. 기성세대인 군 간부들이 변하지 않은 채로 젊은 병사들만 대상으로 개혁을 추진했기 때문이다.

신성한 국방 의무를 하는 건 좋은데 생명줄인 스마트폰을 사용하지 못하게 하는 건 받아들일 수 없다는 아우성이 쏟아졌다. 병사들의 스마트폰 사용 여부를 놓고 뜨거운 사회적 논쟁이 벌어졌다.

보안 문제, 지나친 게임, 오락 등 문제점보다 순기능이 더 많다고 판단되어 스마트폰 사용이 허락되었다.

실제로 스마트폰을 사용하게 했더니 병사들의 우울증이나 자살률이 급격히 감소하였다고 한다.

자유분방하게 살아온 MZ세대가 군 생활을 하게 되면 속박감을 느끼고 위축이 된다. 스마트폰 사용 허락으로 활로를 열어준 것이다. 특히 코로나 시대가 되며 휴가와 외출까지 제한되면서 위축된 병사들 심리에 숨통을 터준 셈이다.

스마트폰이 인간 생활과 밀접해지면서 '노모포비아(Nomophobia)'

란 말까지 등장했다. 스마트폰이 없으면 초조하거나 불안감을 느끼는 현상이다.

영국의 한 보안업체가 1,000명을 대상으로 진행한 조사에서 66%가 폰이 없으면 불안감을 느끼는 것으로 나타났다. 우리나라의 경우 방송통신위원회 조사에 따르면 77.4%가 특별한 이유 없이 스마트폰을 자주 확인한다고 했다.

포노사피엔스는 물론 보통 사람들에게도 스마트폰을 통한 생활 밀착시대가 다가오고 있다. 통신용 휴대전화가 어느 날 일상생활을 좌지우지하는 문명의 이기利器로 바뀌고 있다.

상상을 초월하는 과학기술의 발달이 경이롭다.

4부

가족과 행복

여유로운 시간은 삶의 활력을 재충전하는 기회로 삼아야 한다. 인생의 영원한 축복과 근심 걱정 없는 삶은 천국에서보다 오늘 지금 이곳에서 찾아야 한다. 현재는 가장 큰 선물이기 때문이다.

12월엔 사랑을

가시고기

가을 단상斷想

가장 멋진 동네

나무처럼

눈물 한 방울

아버지와 아들

이 가을의 행복

즐거운 나의 집

송해길

12월엔 사랑을

하루를…, 한 달을…, 또 한 해를 살아오면서 어느덧 일 년을 되돌아보는 시점에 와 있다. 신축년 끝자락이 저만큼 보이고 지나온 한 해를 또 반추反芻하고 있다.

성큼 다가온 십이월. 거실 벽에 외롭게 매달린 달력 한 장이 너무도 애처로워 보인다. 세월은 오는 것이 아니라 가는 것이라는 말이 실감이 나는 12월이다.

새해 벽두에는 두툼하게 살이 쪘던 신축년 달력이었다. 차고 기우는 달처럼 달력이 야위어 가더니 이제는 11장 달력이 모두 떠나고 한 장 남은 달력이 12월을 더욱 외롭고 고독하게 한다.

하루 24시간, 한 달 30일, 일 년 열두 달, '삶의 칸막이'를 만들어 놓고 살아가는 우리 인생이다. 올 한 해 삶이 칸막이의 마지막 상자에 와 있다.

세밑이 가까우면서 한 해의 지난날들이 새삼 되돌아보이는 계절의 산마루턱에 서 있는 것이다.

신축년 초에도 희망차게 계획한 삶의 여정이 있었다. 그러나 세상은 역시 인간 뜻대로 되지 않는다는 걸 보여준 한 해다.

반갑지 않은 손님 '코로나19' 역병은 작년에 이어 올해도 계속되며 우리 일상을 흩트려 놓고 있다.

마스크라는 또 하나의 겉옷을 얼굴에 걸치고 하루하루를 살아가고 있다. 보고 싶은 얼굴, 그리운 사람, 사랑하는 이들도 뜻대로 만나지 못하고 비대면의 세월을 살아가고 있다. 더불어 살아가야 하는 인간 공동체가 서로 외면을 하며 세상을 살아간다는 것은 비극이다.

지나온 한 해 동안 과연 우리는 사랑하는 사람에게, 그리고 인연의 고리로 이어진 이웃들에게 얼마나 사랑을 베풀며 살아왔을까?

세상을 살아가면서 늘 좋은 일만 있는 게 아닌 우리 삶의 여정이다.

복잡하고 다난했던 한 해를 슬기롭게 극복하며 살아왔는지. 내 이기심 때문에 혹시라도 나도 모르게 상대에게 상처를 주지는 않았는지. 하루하루 고운 날들에 대한 감사와, 인연의 고리에 감사와 사랑을 베풀었는지. 조용히 눈을 감고 지나온 한해를 생각해 본다.

봄날의 따스함과 생동감 넘치는 희망은 아직도 한 구석 아쉬움으로 남아 있다. 여름날의 작열하는 태양은 수고를 마다치 않고 인류에게 자연의 혜택을 주었다. 인간은 종종 위대한 자연에 대한 감사를 잊고 사는 존재다.

여름내 성숙시켜온 황금 들녘의 풍요로움과 가을 햇살에 영글어진 과일들의 풍성함에 소홀함은 없었는지?

가을 끝자락 서운한 풍경들을 하얀 눈꽃으로 펼쳐 보일 드넓은 겨울의 포용력에 감사를 담은 포근한 사랑의 편지를 쓰고 싶다.

다사다난했던 신축년 한해!

열정을 다해 달려온 계절과 나의 인연들. 그리고 내가 사랑하는 이들. 최선을 다해 열심히 살아온 정다운 이웃들. 참으로 감사했노라고….

한 해를 서서히 떠나보낸다는 상실감 때문인지 세밑은 늘 허전하고 서글프다. 이제는 차분하게 한 해를 돌아보며 나의 삶을 관조觀照해야 할 시간이다.

지난 세월에 매달려 전전긍긍하느라 정작 소중한 것을 잃지는 않았는지. 또 다른 후회를 반복하느라 마음의 상처를 키우지는 않았는지.

바라건대, 남은 십이월에는 감사하고 사랑하는 마음을 소중히 간직해야겠다. 시리고 아픈 나날들은 나를 키워줬고 또 한 번의 희망과 용기를 주었다.

어느덧 2021년 한 해도 얼마 남지 않았다.

무엇에 쫓기듯 분주하고 어수선한 나날들이다. 밀려오는 한파에 코로나가 다시 기승을 부리고 있다. 나라 안팎의 경제 사정도 좋지를 않다. 12월에는 우리 모두 따뜻한 마음과 사랑을 나눌 수 있는 행복한 세밑이었으면 좋겠다.

한 해 동안 함께한 모든 이들에게 못다 한 사랑과 감사를 전하는 향기로운 12월을 기원합니다.

가시고기

춘분과 청명이 들어 있는 사월에는 봄기운이 더욱 완연하다.

도봉산 등산로 입구 테니스코트 주변에도 봄소식을 재촉하는 꽃들의 향연이 한창이다.

길가 집 담 너머 목련꽃이 탐스럽게 자태를 들어내고, 나지막한 언덕에는 노란 개나리꽃이 어지럽게 피어 있다.

깊은 산속 여기저기 진달래꽃이 울긋불긋하다. 산 길가에는 이름 모를 야생초들이 수줍은 모습이다.

지루하고 야속한 코로나 역병 속에서도 동호회 회원들은 아침 일찍부터 건강한 모습으로 운동장에 모인다.

어린 아들과 단둘이서 외롭게 살아가는 한 회원이 있다. 나는 그를 마음속으로 '가시고기 아빠'라고 부른다.

어린 아들은 초등학교 때부터 늘 아빠와 지낸다. 학교 갈 때 말고는 언제나 아빠 곁을 떠나지 않는다. 엄마가 없는 쓸쓸한 집보다는 아버지가 있는 운동장에서 외롭게 놀고 있는 모습이다. 가련한 그 소년을 볼 때마다 나는 늘 마음이 아팠다. 엄마가 없는 빈집이 어린아이에게는 야속하고 견디기 힘든 공간이었을 것이다.

십여 년 전 '가시고기'라는 소설을 읽으며 눈시울을 적신 적이 있다.

백혈병 걸린 어린 아들을 살려내는 홀아버지의 사랑을 감동적으로 그려낸 이야기였다. 어린이로부터 어른까지 모든 나이의 독자들이 공감하며 읽었던 추억 어린 소설이다.

가시고기는 해마다 초봄이 되면 우리나라 동해와 남해의 일부 강하구에서 볼 수 있는 물고기다. 일 년에 한 번씩 강을 거슬러 올라와 물의 흐름이 잔잔한 곳에 보금자리를 마련한다.

가시고기는 참 이상한 물고기다.

엄마 가시고기는 알들을 낳아 놓고 어디론가 달아나 버린다. 아빠 가시고기만 혼자 남아 알들을 돌본다. 알들을 먹으려고 달려드는 다른 물고기들과 목숨을 걸고 싸운다. 먹지도 잠을 자지 못하면서도 열심히 알들을 지킨다.

아빠 가시고기 덕분에 새끼들은 무사히 알에서 깨어난다. 새끼들은 아빠 가시고기의 살을 뜯어 먹고 무럭무럭 자란다. 결국, 아빠 가시고기는 앙상한 뼈만 남고 끝내 죽음에 이르게 된다.

아빠 가시고기는 세상에서 부성애가 가장 강한 동물이다. 가시고기 이야기는 생명 경시 풍조가 만연되어 가는 요즘, 부모라는 존재가 뭔가를 생각해 볼 수 있는 기회를 제공하는 이야기 같다.

나는 서가書架에서 옛날 읽었던 '가시고기' 소설책을 찾아 '가시고기 아빠' 회원에게 읽어 보라고 전해주며 격려도 해 주었다.

가시고기가 그렇듯, 사람도 자식을 위해, 사랑하는 가족을 위해 더 열심히 일하며 행복을 추구한다.

아버지의 삶이란, 그 존재의 무거움 같은 것이 느껴지는 인생길이다. 아버지라는 의미는 과연 어떤 것일까? 좋은 아버지란 무엇일까?

그동안 어머니의 사랑과 희생은 언제나 지나칠 정도로 강조되어 그려져 왔다. 그러나 아버지의 희생과 사랑은 늘 침묵 속에 놓여 있었다. 오늘날 우리 가정에서 아버지의 존재가 실제로 그러했듯이…. 어머니였으면 당연했을 희생이 아버지였기에 신선한 충격을 준 것 같다. 가정에서 남성의 힘이 점점 약화하고 아버지 위상도 퇴색해 가는 요즘 세상이다.

누구나 부모가 있고, 또 부모가 된다. 소설 가시고기를 읽고 나면 자식은 부모를 떠올리고, 부모는 자식을 헤아리게 된다.

부모는 모두 가시고기 엄마, 가시고기 아빠라는 것이다.

부모는 모두 자식을 위해 세상을 산다.

가을 단상斷想

봄이 가슴을 설레게 하는 계절이라면 가을은 쓸쓸한 절기 같다. 더위가 가시고 선선한 가을을 알리는 처서處暑도 지났다.

부채, 선풍기, 에어컨이 어느새 낯설어 보인다. 하루가 다르게 아침 저녁 온도와 공기가 달라진다. 하늘은 더욱 높아지고 쪽빛을 보이겠지. 청명한 하늘 아래 가지에 주렁주렁 매달린 감이 주홍색으로 익어 간다.

파란 하늘을 배경으로 둥둥 떠 있는 하얀 구름이 그림 같다. 들녘의 가녀린 이름 모를 꽃도 가을 정취를 한몫 보탠다. 찬 서리 내리는 가을의 적막감이 몸을 움츠리게 한다.

올가을은 어린 시절 가을 풍경이 새삼 그리워지는 한 해다. 가을걷이에 분주한 농부의 검붉게 탄 얼굴, 고추 말리던 아낙네의 가녀린 손길, 가을 햇살은 다사롭기만 했다.

깊어 가는 가을이면 고추잠자리는 하늘 높이 난다. 탐스러운 열매들은 주렁주렁 기쁨을 주었다. 가을이 무르익으면 이른 새벽부터 풀벌레 소리가 소란했다. 기나긴 기다림과 간절한 마음으로 한 해의 풍요를 기원한 순박한 농심農心이었다.

가버린 시간을 더듬어 보니 어김없는 자연의 법칙이 거기 있다. 계절의 변화가 자연의 법칙임을 다시금 새기게 된다. 해마다 이맘때가 되면 쓸쓸하고 허전한 마음 붙잡고 가을 정취에 홀리는 습관이 생겼다. 풍요롭고 넉넉한 계절에 왜 외로움을 느끼는 걸까? 계절의 가을이 오듯 인생의 가을도 찾아오는 모양이다.

60 나이, 회갑은 청춘이고 일흔의 고희연古稀宴 때 10년의 보너스를 바랬다. 여든까지만 건강하게 살았으면 하는 소망.

부질없는 욕심인가 하는 생각에 남몰래 조심스레 가슴에 품었다. 어느새 바람 따라 구름 따라 새날이 밝고 여든 고개에 오른 하얀 늙은이가 되고 있다. 내가 흘려보낸 것도 아니고 내가 도망쳐 온 것도 아니다. 세월이 제멋대로 자랑하며 흘러 버린 것이다.

청춘이란 꽃밭은 아득히 멀리 잊혀 간다. 흰 머리 잔주름에 검버섯 같은 허무만 남는다. 이제는 가야 하는 외줄기 한 길. 피할 수 없을 바엔 차라리 홀가분하게 그 길을 걷자.

깊어 가는 가을밤엔 설레는 마음으로 편지를 쓰고 싶다. 탐욕과 아집, 버겁고 무거운 짐 다 내려놓고 가볍고 즐거운 마음이면 된다. 그저 하루하루 즐겁고 당당하게 걸으면 되지 않겠나. 고운 마음으로 열심히 살면 지금까지 한세월이 바람처럼 흘렀듯, 또 십여 년 세월이 강물처럼 흘러가리라.

건강하고 즐거우면 이것도 축복과 은혜가 아닌가. 같이 하는 가족에게 감사하고, 함께 걷는 친구들에게도 감사하자. 인연 있는 모든 이들에게 감사하고 사랑한다는 말도 미리 해 두자.

오늘은 강변 아닌 숲길로 발길을 돌렸다.

쪽빛 하늘을 보고 구름을 만나고 곱게 단풍 들어가는 숲속은 적막감이 있어도 마음은 평안하기 그지없다.

여름 끝자락 가을 초입에 우리 모두를 힘들게 하는 코로나와 더위가 물러나기를 기원해 본다. 왕성하고 청명한 기운으로 가을의 허전함을 차분히 음미해 보자. 내 쓸쓸함을 거울삼아 다른 이의 외로움을 돌아보고 손을 건네자.

신선한 바람 옷깃 스치는 기분이 참 좋다.

국화꽃 풍성한 화분 하나 베란다에 놓아야겠다.

가장 멋진 동네

동네(Neighborhood)는 도시나 마을, 교외, 농촌의 지리적 공동체를 일컫는다.

아름다운 동네라면, 어릴 적 내 고향 농촌 마을이 떠오른다.

초가집들이 옹기종기 모여 살며, 평화롭고 조용하던 우리 마을은 그림처럼 아름다웠다. 가을 추수가 끝나고 엄동설한嚴冬雪寒이 오면 동네는 조용히 잠이 드는 듯했다. 눈 속에 갈 곳 없는 참새 떼들은 초가지붕 처마 밑 양지를 찾아 조잘대며 한겨울을 보냈다. 동지섣달 지나고 한 해를 보내며 설을 쇠고 정월 대보름이 지나면 동네 고샅 여기저기 인기척이 나타난다.

겨우내 긴 잠에서 깨어나 한 해 농사 준비를 한다.

소를 모는 농부들이 오솔길을 오가는 동안 모내기가 끝난다. 들녘은 녹지대로 변해 마을이 한결 밝고 아름다워 보인다. 작열하는 태양 아래 한여름이 가고 골짜기는 누런 벼 이삭들로 황금물결 파도가 인다. 초가지붕 위에 소담스러운 박들이 가을의 끝자락을 알려준다.

'서울 종로3가'가 '세계에서 가장 멋진 동네' 3위로 선정되었다는 즐거운 소식이다.

문화 엔터인멘트 전문 온라인 매체인 영국의 '타임아웃'이 선정한 '2021년 세계에서 가장 멋진 동네 49곳' 중 서울의 종로 3가가 당당하게 3위에 올랐다는 것이다. 이런 결과가 나온 것은 2만 7천 명 동네 주민과 지역 전문가의 의견을 종합한 결과라고 했다.

'타임아웃'은 종로 3가를 '유서 깊은 도시이면서 별나고 소박한 곳이자 서울의 심장'과도 같은 곳이라고 표현했다. '타임아웃' 매체는 '종로 3가 근처에 궁궐, 화랑 등 다양한 관광지뿐 아니라 진짜 매력 있는 곳을 지적하고 있다.

탑골 공원에 옹기종기 모여 장기바둑을 두는 어르신들, 송해길 옆에서 엿을 파는 노점, 금은방, 이북 음식점, 숨겨진 카페 및 맥줏집을 매력적인 요소로 꼽았다. 이어 '광장 시장에서 녹두 빈대떡과 김말이를 먹은 뒤에 종묘 돌담길을 걸어 보라'는 추천도 하였다.

세계에서 가장 멋진 동네 1위에는 덴마크 코펜하겐의 뇌레브로가 선정되었다. 타임아웃은 뇌레브로에 대해 '미식의 도시이며 오래된 건물과 현대식 건물이 보기 좋게 어우러진 곳'이라고 했다.

2위는 미국 시카고의 앤더슨 빌이 선정되었다.

이곳은 '성 소수자들에게 포용적이며 밤 문화를 즐길 수 있는 곳'이라고 하였다.

타임아웃은 이번 발표에 대해 '이들 지역은 코로나 팬데믹 기간에도 역경을 극복하고 발전해 왔다'라며, '회복력과 공동체 정신이 깃들어 있고, 고유한 색깔을 지닌 곳이라 선정했다'라고 밝혔다.

1960년대까지만 해도 종로 3가는 세운상가의 유명 전자 제품과 홍등가紅燈街로 악명이 높았던 "종삼" 거리를 연상케 했던 곳이다. 반세기가 넘는 세월이 지났지만, 종로 3가의 변신은 격세지감을 느끼게 한다.

송해 거리를 지나 낙원상가 4층에는 낭만 극장이 있다. 서대문 사거리 청춘극장과 함께 실버 영화관이다. 실버세대가 저렴한 가격으로 옛날 영화를 볼 수 있는 공간이다.

'바람과 함께 사라지다', '벤허', '로마의 휴일' 등 젊은 시절에 감상했던 영화를 다시 보고 나면 옛 추억이 아련히 떠오른다.

길 건너 광장 시장 골목은 늘 인파로 북적이는 곳이다. 다닥다닥 붙어 있는 노점에서 간이 의자에 걸터앉아 녹두 빈대떡에 마시는 막걸리 맛도 언제나 낭만이다. 어깨가 부딪칠 만큼 비좁은 자리에서 떡볶이 족발 김밥 등을 시켜 먹는 젊은이들을 보면 대부분 외국인 여행객들이다.

외국 사람들 눈에 비친 종로 3가는 분명 멋지고 매력적인 동네일 것이다. 서울의 '종로 3가가 세계에서 가장 멋진 동네 3위'로 선정되었다는 것은 즐거운 소식이다.

그칠 줄 모르는 코로나 역병에 시달리고, 정치 계절을 맞아 아귀다툼하는 정치꾼들을 보며 국민은 짜증스러운 세월을 보내고 있다.

그나마 종로 3가의 낭보朗報가 우리에게 다소 위안을 주는 것 같다.

나무처럼

현대인들은 물질적 풍요 속에 살면서도 정신적 궁핍 속에 시달리며 살아가고 있는 것 같다.

사람은 누구나 자신만의 걱정을 안고 세상을 살아간다.

인간은 태어나면서부터 근심과 걱정을 안고 인생길을 출발한다. 그러나 우리는 걱정한다고 해결되는 일은 아무것도 없다는 것을 알 수 있다. 사실 우리가 하는 걱정 근심 중에 열에 아홉은 매일 하는 반복적이고, 쉽게 풀리지 않는 것들이다.

매일매일 새날이 밝지만, 새날과 함께 새로운 걱정거리가 또 찾아온다. 특히 은퇴 후 노년기에는 이런저런 걱정거리가 끊이지 않고 마음 편한 날이 별로 없는 것 같다. 돈 걱정, 건강 걱정, 자식 걱정 이런 것들 때문에 우리 삶은 만만치 않다.

걱정한다고 일이 해결되거나 수월해지지 않는다. 그럴 줄 알면서도 사람들은 습관처럼 근심 걱정에 짓눌려 산다. 죽을 때까지 근심 걱정을 짊어지고 살아야 하나?

오래 가는 즐거움이나 행복한 순간은 없다지만, 가끔은 근심 걱정 없는 즐거운 날도 있어야 할 텐데 근심 걱정 떠날 날 없는 게 인생살이다.

향수에 사무치는 내 고향 옛집이 지금은 비어 있다.

텅 빈 집 마당가 우물 옆에 오래된 느티나무 한 그루. 비가 오나 눈이 오나 말없이 서서 나의 빈 집을 지켜준다. 언제 보아도 묵묵히 한결같은 모습이다. 가끔 빈집을 찾아오는 나를 반기며 인사라도 하는 느낌이 들기도 한다.

어린 시절부터 내 살아온 역사를 누구보다 잘 아는 정든 나무를 바라보며 가끔 사색에 잠길 때가 있다.

사람도 나무처럼 살 수 있다면 새싹을 틔우고 잎을 펼치고 열매를 맺는 나무다. 그러다가 때가 되면 모든 것을 훨훨 벗어 버린다. 빈 몸으로 당당하게 겨울 하늘 아래 서 있는 의연한 모습이다.

새들이 날아와 나뭇가지나 품에 안겨도 그저 무심한 표정뿐이다. 폭풍우나 폭설이 몰아쳐 가지 한두 개 꺾여도 근심 걱정 없이 요지부동搖之不動이다. 곁에서 꽃을 피우고 꽃나무에 나비와 벌들이 모여들어도 그저 묵묵히 바라보기만 한다.

남을 시샘할 줄 모르는 의연하고 담담한 게 나무다. 한여름이면 발치에 서늘한 그늘을 드리워 준다. 지나가는 나그네들을 쉬어 가게 하면서도 아무런 대가도 바라지 않는다.

나무는 선행도 하고 덕德까지 지닌 모양이다.

나무처럼 살 수 있으면 얼마나 좋을까?

걱정 근심 없고 이것저것 복잡한 분별 필요 없이, 단순하고 담백하게 살아가는 게 나무인 것 같다.

인간의 행복도 불행도 모두 마음 따라가는 것이다. 사람의 근심이나 걱정도 역시 마음 따라가는 것이다. 그러니 쓸데없는 근심 부질없는 걱정은 하지 않는 게 좋다.

이 세상에 근심 걱정 없이 살아가는 사람이 몇 명이나 있을까?

앞서가기보다는 좀 뒤에 간다고 생각하면 마음도 가벼워진다. 우리가 걱정하는 일들 대부분은 사소한 것들이다. 사람들은 쓸데없는 걱정을 하느라 시간을 허비한다. 그런데 놀라운 것은 그들이 걱정하는 것 중 90%는 현실에서 일어나지 않는다는 것이다. 근심 걱정하는 시간을 아껴 여유를 가져야 한다.

여유로운 시간은 삶의 활력을 재충전하는 기회로 삼아야 한다. 인생의 영원한 축복과 근심 걱정 없는 삶은 천국에서보다 오늘 지금 이곳에서 찾아야 한다.

현재(Present)는 가장 큰 선물이기 때문이다.

눈물 한 방울

어제는 견우와 직녀가 만나는 칠석이었다.

한 해 만에 마주한 견우와 직녀의 눈물은 비가 되어 내렸다. 어릴 적에 내 역성을 들어주는 사람 앞에서 나는 울었다. '사랑은 눈물의 씨앗'이라는 대중가요가 있지만, 눈물은 '희망의 씨앗'이기도 한 것 같다. 세상을 살아오며 나를 위해 눈물 한 방울이라도 흘려준 사람에게 나는 편지를 쓰고 싶다.

금년 2월 별세하신 이어령 박사의 마지막 육필이 책으로 나왔다.

시대의 지성 이어령의 "눈물 한 방울"이다.

2019년 11월부터 영면에 들기 한 달 전인 2022년 1월까지 암과 투병하며 쓴 애절한 글이다. 마지막 삶을 반추하고 독대하며 써 내려간 육필을 사후에 출간한 책이다.

88세 한평생 동안 그 많은 저작을 컴퓨터로 했지만, 말년에는 더블 클릭이 안 되어 육필로 노트에 글을 썼다. 혼자 저승으로 가야 하는 인간의 외로움이 담겨 있는 시 수필 그림 등 손으로 쓴 원고가 적혀 있었다.

'눈물 한 방울'은 저자가 서거한 후 출간된 작품이다.

이 작품이 나오기 전에 '이어령의 마지막 수업'이라는 책이 나왔다. 그의 시한부 항암 투병 과정에서 제자(김지수)와 매주 만나 인터뷰한 기록이다. 우리 시대 비판적 지성인으로서 치열하게 살아온 삶을 후대에 전하는 절절한 당부였다.

선생께서는 '내가 내 힘으로 이뤘다고 생각한 모든 게 다 선물이었다.'라고 고백하였다.

우리가 추구해야 할 최고의 가치는 '눈물 한 방울'이라고 했다. 이 시대는 핏방울 또 땀방울이 아닌 '눈물 한 방울'이 필요하다고 하소연했다. 그리고 눈감기 전에 꼭 만나고 싶은 사람이 있다고 했다.

S 여자대학교 신입생을 위한 강연을 하던 날이다.

어린 여학생이 추운 겨울 주차장에서 30분 넘게 얼굴이 파래져서 발을 동동 구르며 이어령 선생님을 기다렸다.

"선생님! 돌아가시면 안 돼요!" 눈물짓던 여학생. 그 학생의 생뚱맞은 말에 당황해 선생님은 차갑게 한마디 하셨다.

"학생! 그게 뭔 소린가? 죽고 사는 문제를 어떻게 내 맘대로 하나?"

어린 여학생은 손등으로 눈물을 훔치면서 "선생님! 그래도 돌아가시면 안 돼요…!"라고 외치며 돌아섰다.

그 여학생은 아마 이어령 선생님의 글을 읽었던 것 같다. 선생님께서는 그 여학생을 만나서 "학생! 걱정하지 마! 나 절대로 안 죽어!"라고 다시 말해 주고 싶다고 하셨다.

눈물만이 우리가 인간이라는 걸 증명해 준다. 이제 인간은 박쥐가 걸리던 코로나도 닭이 걸리던 조류 인플루엔자도 걸린다. 그러면 사람과 짐승을 무엇으로 구별할 수 있을까? 눈물이다.

낙타도 코끼리도 눈물을 흘린다고 하지만 정서적 눈물은 사람만이 흘린다. 로봇은 아무리 잘 만들어도 눈물을 흘리지 못한다.

지금 온 사회가 갈등과 분열로 목소리만 크고 해결의 방법은 보이지 않는다.

이 세상 어떤 것도 진정한 눈물 한 방울로 녹일 수 있다.

우리는 어떻게 화합해야 하는가?

그분이 말씀하신 진정한 '눈물 한 방울'이 없으면 어떠한 화합도 이룰 수 없다. 자기 자신만을 위한 눈물은 무력하고 부끄럽다.

나와 남을 위해 흘리는 눈물은 가장 아름답고 힘 있는 것이다. 우리 민족은 피 흘린 혁명도, 땀 흘려 이룩한 경제 부흥도 해보았다. 아직 경험해 보지 못한 것이 박애博愛요 휴머니즘이다.

우리는 지금 사랑과 참회의 눈물이 메마른 사막 같은 사회에 살고 있다. 인류는 이미 피의 논리, 땀의 논리만으로는 살아갈 수 없는 시대를 맞고 있다.

나와 남을 위해 흘리는 눈물은 세상에서 가장 아름답고 힘 있는 것이다.

아버지와 아들

아버지라는 존재가 점점 위축되어가는 요즈음 세상이다.

고귀하지만 한편으로는 난감하기도 한 것이 '밥벌이'라는 아버지의 역할이다. 가족을 위한 생활 전선에서 분투하는 아버지들은 점차 가족 밖 타인으로 전락하고 있는 것 같다.

이 메마르고 비정한 세상에서 아내에게, 또 자식들에게도 낯설고 어색한 존재가 된 아버지는 도대체 무엇이란 말인가?

정치 계절이 되니 정치하는 사람들이 또 세상을 시끄럽게 하고 있다. 대통령 후보라는 한 정치인이 '자식은 남'이라는 발언을 해 국민을 놀라게 했다. 본인의 정치에 지장이 있다고 사회적 물의를 일으킨 아들을 남이라고 궁색한 변명을 한다.

아버지와 자식이라는 진정한 가족관계를 아는 사람이라면 해서는 안 될 말을 한 것이다. 인간사회의 기본인 가족관계를 왜곡하는 정치인을 보며, 얼마 전 읽었던 책의 내용이 떠올랐다.

'나는 아버지입니다.'라는 책명이다.(딕 호이트, 던 예거 공저)

2000년대 초반부터 미국 전역을 눈물바다로 만든 아버지 '딕 호이트'와 아들 '릭 호이트'의 이야기다.

아들은 목에 탯줄이 감긴 채 태어나 뇌성마비와 경련성 정신 마비가 되었다. 의사는 아이를 포기하라고 했지만, 아버지는 아들을 포기할 수 없었다. 수년의 세월이 흘러 아들은 컴퓨터로 자신의 의사를 전달할 수 있게 되었다.

아들 '릭 호이트' 바람은 단순했다.

"달리고 싶어요!"

그날부터 아버지는 아들의 휠체어를 밀며 달리기 시작했다. 아들이 15세가 되던 해, 그들 부자는 처음으로 8㎞ 달리기 대회에 나가 뒤로부터 2등을 했다. 하지만 경기 후 아들이 말했다.

"오늘 처음으로 내 몸의 장애가 사라진 것 같았어요"

아버지와 자식 부자는 서로를 끌어안고 뜨거운 눈물을 흘렸다. 이들의 도전은 여기서 끝이 아니었다. 마라톤은 물론 철인 3종 경기에도 참가하였다.

사람들은 미친 짓이라며 말렸지만, 이들은 마침내 철인 3종경기를 완주하고 '철인'이라는 영광스러운 칭호도 받았다. 그 후로도 이들 부자의 도전은 계속되었다.

마라톤 64회, 단축 철인3종경기 206회, 보스턴 마라톤 24회 연속 완주의 대기록을 세웠다. 마라톤 최고 기록은 2시간 40분 47초, 정상인도 내기 힘든 엄청난 기록이었다. 또한 달리기와 자전거로 6,000㎞에 이르는 미국 대륙을 횡단도 했다.

대기록을 이루고 난 후 아들이 말했다. "아버지가 없었다면 할 수 없었을 거예요". 이에 아버지는 말했다.

"네가 없었다면 아버지는 하지 않았다"

장애가 있는 아들을 위해 자신의 모든 것을 헌신한 아버지, 100만 킬로미터를 달리며 아버지라는 존재를 새롭게 일깨운 '딕 호이트'에게 세상은 보이지 않는 명예로운 훈장을 수여했다.

그 훈장의 이름은 '기적의 아버지', '최고의 아버지'이다.

세상에서 가장 아름다운 아버지와 아들의 이야기! 이것은 결코 과장이 아니다. 딕 호이트와 릭 호이트 부자는 달리기로 '팀 호이트'가 되었다. 이미 팀 호이트의 이야기는 전설이 되고 있다. 지금 이 시대에는 무엇보다 이런 부자의 전설이 필요하다.

세상의 빛과 소금이 되겠다며 어떤 이는 정치를 하고, 의사가 되어 활동하고, 어려운 이웃을 돕는 자선사업을 하며 인류를 위해 봉사한다. 그런데 아들 하나 잘 키우는 일이 그에 못지않음을 '딕 호이트'는 보여주었다.

이 아름다운 이야기는 가족 사랑의 기적을 보여주는 것 같았다. 또 이 세상에서 가족이라는 게 얼마나 아름다운지를 되돌아보게 한다.

이 가을의 행복

구름은 희고 / 산은 푸르며 / 시냇물은 흐르고 / 바위는 서 있다
꽃은 새소리에 피어나고 / 골짜기는 나무꾼의 노래에 메아리친다.
온갖 자연은 이렇듯 스스로 고요한데 /
사람의 마음만 공연히 소란스럽구나.

중국의 고서 소창청기小窓淸記에 실려 있는 글이다.

오늘은 '서리가 내리고 겨울잠 자는 벌레는 모두 땅속으로 숨는다'라는 상강霜降이다. 올가을 마지막 가을 절기인 상강을 전후해서는 67년 만의 가을 한파가 몰아치기도 했다.

지루하게 기승을 부리던 더위가 물러나고, 산뜻한 가을 정취를 잠깐 누리는 동안 계절은 어느새 겨울 문턱으로 가고 있다. 이렇게 높고 푸른 하늘 아래 상큼한 가을 냄새가 풍기는 날에는 모든 것 훌훌 털어 버리고 어디론가 멀리 떠나고 싶다.

이 가을에는 다들 행복해지고 싶어 한다. 어깨를 활짝 펴고 심호흡하며 마주치는 이웃들에게 들꽃 같은 미소를 보내면서 나도 행복해지고 싶다.

자연은 변함없이 저마다 있을 자리에 있으면서 조화를 이루며 고요하고 평화롭다. 그러나 사람들은 분수 밖의 욕심으로 마음 편할 날이 없고 세상은 소란스럽기만 하다.

세상이 시끄럽다는 것은 세상 그 자체가 시끄러운 게 아니다. 그 안에 사는 사람과 그들이 하는 일, 즉 인간사가 시끄럽고 소란하다는 뜻이다. 풍요의 계절 가을을 맞으며 사람들은 더욱더 행복해지기를 바란다.

행복해지고 싶어 하는 마음은 지금의 삶이 행복하지 못하기 때문일 것이다. 우리가 행복하지 못한 마음을 갖는 건 시끄러운 세상 탓도 있다.

부패하고 뻔뻔스러운 이 땅의 정치집단 때문에 무고한 국민이 얼마나 큰 상처와 부담을 안고 살아가는가. 국민이 피땀 흘려 벌어서 바친 세금으로 나라를 운영하면서, 국민의 위임을 받아 자신들이 만든 법을 스스로 어기고 범했으면서 그 벌을 피하려 든다.

힘없는 사람들만 법의 그물에 걸린다면 사회정의란 과연 무엇인가? 돌이켜 보면 행복의 조건은 여기저기 무수히 놓여 있다. 대부분 사람은 먹고사는 일상적인 일에 매달려 살아간다. 일상생활에 얽매어 정신을 빼앗기고 지내느라 참된 자기 모습을 까맣게 잊고 있다.

우리가 이 풍진 세상을 무엇 때문에 사는지, 어떻게 사는 것이 내 몫의 삶인지를 잊은 채 하루하루를 덧없이 흘려보낸다.

내가 행복해지고 싶다면 이것저것 모두 다 챙기려는 욕심부터 버려야 한다. 지금 차지하고 있는 것과 지닌 것만으로도 행복해질 수 있는 것이다.

행복은 밖에서 오는 것이 아니라 우리 마음에서 꽃처럼 피어난다. 내가 행복해지려면 먼저 내 이웃을 행복하게 해 줘야 한다. 가족이나 친구 이웃들은 나와 같은 배를 탄 공동 운명체이기 때문이다. 내 이웃들의 행복이 곧 내 행복으로 이어진다.

이 가을날에는 소원했던 친구나 이웃들에게 먼저 연락해보자.

전화나 카톡 SNS 등 매체는 큰돈 드는 일이 아니니다. 모든 걸 돈으로만 따지려는 각박한 세상에, 돈보다 더 귀하고 소중하며 따뜻한 마음을 나누는 일이 행복의 비결이기도 하다.

구름은 하얗고 산은 푸르며 시냇물은 흐르고 바위는 서 있듯, 친구나 이웃 그곳에 그렇게 있지 않은가.

옛사람들은 검소하게 살면서 복을 누리는 일을 행복의 조건으로 보았던 것 같다. '일은 완벽하게 끝을 보려 하지 말고, 세력은 끝까지 의지하지 말고, 말은 끝까지 다 하지 말고, 복은 끝까지 다 누리지 말라.'

절제에 행복이 깃들여 있음을 깨우쳐 주는 교훈 같다.

이 가을에는 우리가 모두 함께 행복을 누렸으면 좋겠다.

즐거운 나의 집

추석 명절을 전후하여 금년에도 사건 사고가 잦았었다.

참혹한 인명 피해는 그 가정에 상상하기 힘든 비극을 안겨 주기 마련이다. 가족과 가정이 무엇인지 다시 한번 생각하게 한다.

"엄마! 사랑해요. 키워주셔서 감사합니다."

태풍 '힌남노'의 피해가 너무 큰 비극이었다.

포항 아파트 주차장 침수 사고로 숨진 중학생 아들이 어머니에게 고한 마지막 작별 인사는 너무 가슴 아프게 했다. 살아남은 사람들이 할 일은 돈을 더 벌 궁리가 아니라, 좀 더 안전한 세상을 만드는 것이다.

신당역 스토킹 살인사건의 파문이 일파만파로 번지고 있다. 서울교통공사에 근무하는 한 여성이 입사 동기 남성에게 수년 동안 스토킹을 당했고 마침내 피살까지 당했다.

지하철 2호선 신당역에는 피해자를 추모하는 시민들 발길이 끊이지 않았다. 추모 공간에 놓인 쪽지에 "살아서 퇴근하고 싶어요." 하는 글은 많은 사람 가슴을 저리게 했다. 비명횡사非命橫死한 고인들은 말할 것 없고 유족들과 그 가정의 슬픔은 상상을 초월하는 비극이다.

가정이란 게 과연 무엇일까?

부부를 중심으로 그 부모나 자녀들이 살아가는 터전이 가정이다. 물리적 공간인 집을 포함한 생활 공동체를 통틀어 이르는 말이다.

물고기는 물속에 살면서 물의 고마움을 모르고, 사람은 가족과 같이 살면서 가족의 소중함을 잊기 쉽다. 소중한 것일수록 우리는 그 존재를 잊고 사는 경우가 많다.

가정은 사회의 기본 단위이며 최고의 안식처이다. 사랑과 이해로 서로를 감싸 준다. 대가 없는 희생과 베풂이 가득한 곳이다.

'즐거운 나의 집! Home Sweet Home!'

가정에서의 행복한 삶을 꿈꾸며, 가정의 소중함을 일깨워 주는 이 노래는 세계적인 명곡이다.

돈으로 좋은 집을 살 수는 있어도 좋은 가정을 살 수가 없다.

1833년 뉴욕 부두에는 도시가 생긴 이래 최대의 인파가 모였다. 이 노래를 작곡했던 한 시민의 유해가 유럽에서 본국으로 운구되는 현장이었다. 대통령과 국무위원, 수많은 시민이 조의를 표했다. 그는 권력자도, 돈 많은 재벌도, 위대한 과학자도 아니었다. 평범한 시민이 어떻게 전 미국인들 가슴을 울릴 수 있었을까?

한 곡의 노래 '즐거운 나의 집. Home Sweet Home' 때문이었다.

유럽 각지를 방랑하던 미국인 작곡가 '존 하워드'는 1852년 알제리에서 사망해 31년 뒤 본국으로 유해가 운구되었다. 그가 이 노래를 지은 것은 프랑스 파리에서 돈 한 푼 없는 비참한 떠돌이 생활을 할 때였다. 평생 결혼을 하지 못했던 그는 가정 없는 외롭고 처절한 삶을 맛보아야만 했다.

가정의 소중함을 뼈저리게 느낀 그는 가정에서의 행복한 삶을 꿈꾸며 이 노래 가사를 썼다. 가정의 소중함을 일깨워 주었기에 그 어떤 유명한 작곡가보다 존경을 받는 것이다.

행복은 모든 사람의 간절한 소원이다. 가정이 건전할 때 사회가 건전할 수 있고 나라도 부강할 수 있다. 가정이야말로 진정한 사랑과 행복의 원천이다.

봄 햇살처럼 여유로운 마음으로 아름다운 가정을 꾸미어, 행복한 삶을 살면 성공한 인생이다.

'Home Sweet Home(즐거운 나의 집)'

1. 즐거운 곳에서는 날 오라 하여도/ 내 쉴 곳은 작은 내 집뿐이리.
   내 나라 내 기쁨 길이 쉴 곳도/ 꽃 피고 새 우는 집 내 집뿐이리.
   오 사랑 나의 집/ 즐거운 내 벗 나의 집뿐이리
2. 고요한 밤 달빛도 창 앞에 흐르면/ 내 푸른 꿈길도 내 잊지 못하리리
   저 맑은 바람아 가을이 어디뇨/ 벌레 우는 곳에 아기별 눈뜨네.
   오 사랑 나의 집/ 즐거운 나의 벗 내 집 뿐이리.

송해길

천만이 넘는 사람들의 일상이 담긴 곳이지만, 때때로 내게는 서울이 어느 여행지 같은 곳이기도 하다.

한 달에 한 번씩 만나 영화감상을 하는 친구들 모임이 있다.(낙영회) 오늘 오전 종로3가 낙원상가에 있는 낭만 극장을 갔었다. 낭만 극장을 찾아가는 길은 '송해길'을 경유하게 되어 있다.

종로3가 파고다 공원 앞에 작은 찻길을 사이에 두고 '송해길' 입구 표시 안내판이 있다. 여기서부터 낙원상가까지 약 240m 구간이 송해길이다.

전철 종로3가역 5번 출구를 나서면 거리의 상징인 '송해 동상'과 팻말이 보인다. 거리 양편으로는 송해 캐리커처가 붙은 가게들이 눈에 뜨인다. 주변에 기원이 많고 실버 극장이 있어 노인들이 많이 찾는 곳이다 보니, 저렴한 가격에 이용할 수 있는 식당과 문화시설이 많다.

악기 판매 전문매장 낙원상가 건물 4층에 헐리우드 극장이 있었다. 그러나 복합 영화관 시대를 맞아 이 극장은 시니어 세대를 위한 실버 영화관으로 바뀌게 되었다. 우리 일행이 종종 찾아가는 낭만 극장이 여기에 있는 것이다.

국민 MC 송해 선생님이 돌아가시고 며칠 만에 '송해길'을 걸으며 왠지 허탈하고 쓸쓸한 기분이 들었다. 별이 진 자리엔 추억과 적막이 흐르는 듯했다. 한국 대중문화 예술계에 송해라는 큰 별 하나가 사라진 것이다. 그렇게도 구수하고 재치 있게 대중을 웃기던 그가 정작 떠날 때는 한마디 말도 없이 적막했다.

'전국 노래자랑을 자기 고향 황해도에서 하고 싶다!'라던 그 꿈을 어떻게 달래고 멀리 떠나셨을까.

눈시울 적시며 보고 싶다던 어머니를 저승에서는 만나셨는지.

"눈물 어린 툇마루에 손을 흔들던 어머니.

길 떠나는 우리 아들 조심하거라

그 소리 아득하니 벌써 칠십 년

보고 싶어 보고 싶은 우리 엄마여"

90대 중반의 나이에도 그리운 어머니에 대한 사랑을 '유랑 청춘'으로 노래했다. 가로막힌 38선도 77년, 동족끼리 적군을 무찌른 6·25전쟁도 72년, 원한 서린 휴전선도 69년 세월이 흘러갔다.

애달픈 천만 이산가족은 다시 만날 기약도 없다. 민족의 수난과 시련은 아직도 계속되는 중이다.

송해 선생님은 일찍부터 코미디언으로 가수로 방송인으로 활동했지만 늘 말석 주변에 있다가 '전국 노래자랑' 사회를 맡으면서 국민

스타가 된 분이다. 소탈하고 서민적인 풍모에 하루 소주를 한 병씩 마시는 애주가셨다.

송해길의 도로명은 수표로다.

송해 선생은 황해도 재령에서 태어났고, 험난했던 역사의 풍랑을 넘어 국민 희극인으로, 대중 예술의 산증인으로, 오랜 세월 우리를 울고 웃게 한 한국 연예계의 살아있는 역사다.

종로구 낙원동은 그가 50년 넘게 방송과 행사를 하면서 생활의 근거지로 활동했던 지역이며, 주민들과 강한 유대감과 낙원동에 대한 남다른 애착으로 실향민인 그에게 제2의 고향이 되었다.

지역 주민들의 '명예 도로' 지정 요청과 오랜 세월 동안 전국 노래자랑을 진행하며, 전 국민을 사로잡은 대중문화계 거목의 업적을 기려, 명예 도로 '송해길'로 지정되었다.

향년 95세로 고인이 되신 송해 선생님.

KBS 노래자랑 프로그램을 34년 동안 진행한 최장수 진행자였다.

최고령 진행자로 기네스북에 등재되었다.

5부

사유와 인생철학

지금 내게 주어진 것은 오늘뿐, 내일을 오늘로 앞당겨 줄 수도, 지나간 어제를 끌어다 부활시킬 수도 없다. 바로 지금, 이 순간에 몰입하라. 바로 지금, 이 순간이야말로 세상이 당신에게 주는 가장 소중한 선물이다.

'핼러윈'이 무엇이기에

입동立冬이 지나고 첫눈이 내린다는 소설小雪이 며칠 남지 않았다 이른 아침 공기가 제법 쌀쌀하다.

시내버스가 남산 1호 터널을 지나 이태원 거리로 접어든다. 며칠 전 발생한 이태원 '핼러윈 참사'가 떠올라 가슴이 아프다. 서울 한복판에서 벌어진 전례를 찾기 힘든 비극이었다. 온 국민이 충격에 빠져 애도의 시간을 보낸다.

'핼러윈 참사'는 예측하기 어려운 참사였다.

"국적 불명 서양 귀신 놀음이 그렇게 조 좋더냐?"

참사 발생 후 일부 네티즌이나 기성인들은 비난했다. 그러나 핼러윈은 오늘날 특정 국가나 종교 명절에서 벗어나 있다.

전 세계 젊은이들이 공유하는 세계 대중문화 축제다. 핼러윈 데이는 영국 등 북유럽과 미국에서 매년 10월 31일에 맞는다. 귀신 복장과 분장을 하고 치르는 젊은이들 축제다.

사람들은 이날에 죽은 영혼이 되살아나 정령精靈이나 마녀들이 출몰한다고 믿는다. 귀신들에게 육신을 빼앗기지 않기 위해 유령이

나 흡혈귀, 해골, 괴물 등의 복장을 하고 축제를 즐긴다.

우리나라 드라마 '오징어 게임'이 넷 프릭스를 통해 세계적으로 선풍적인 인기를 끌었다. 전 세계 젊은이들이 '오징어 게임' 속 등장인물처럼 분장하고 거리에 나와 잘 지냈다.

대중문화의 흐름은 자연 현상으로 봐야 할 것 같다.

오늘날의 핼러윈은 종교가 아니라 대중문화가 중심이 된 새로운 유형의 축제다.

156명의 꽃다운 생명을 앗아간 '이태원 참사'는 8년 전 '세월호 참사의 비극을 떠올린다.

세월호 참사자들은 1997년생 학생들이었다고 한다. 이태원 참사자 중 100명 이상이 세월호 참사자들 또래란다. 어쩌면 이렇게 20대 젊은이들만 대형 참사 희생자가 많단 말인가?

재난과 참사에 대한 정치권의 과대한 개입은 큰 문제다. 수학여행 해난 참사를 미끼로 권력을 장악했던 문재인 정권이다. 2014년 세월호 참사 후 우리 사회에 안전을 외치는 목소리가 부족한 적은 한 번도 없었다. 세월호 참사를 국민 안전의 상징으로 만든 정권이 5년 동안 무엇을 개선했단 말인가?

국가는 국민의 생명을 지켜야 할 책임이 있다.

자연 재난이 아닌 인적 참사가 계속 발생하는 이유가 무엇일까? 4류 정치 삼류 행정과, 편파 왜곡하는 국내 언론 때문이다. 무사 안일의 관료주의가 대형 참사를 키웠다. 치안을 책임지는 경찰의 태만과 무사 안일이 드러나고 있지 않은가.

국회의원은 국민의 안녕과 복지를 위한 입법 활동을 하라고 뽑아 주었고 비싼 국민의 혈세를 받는 사람들이다. 본연의 책무를 아는지 모르는지 하는 일이라고는 정권욕을 위한 정쟁뿐이다. 많은 의석을 차지한 야당은 의회 독재를 하고 있다.

참사 추모 기간이 끝나고 나니 역시 정치권이 시끄럽다.

핼러윈 전날까지도 들뜬 분위기만 부추긴 언론 매체들은 군중 집회의 안전 문제 등에는 눈감고 벙어리였다. 대형 참사 결과만 선정적으로 보도하는 언론이 한심스럽다.

역사의 교훈을 쉽게 잊고 사는 국민 의식구조도 문제다.

'이태원 참사'는 국가 공동체적 책임인 것 같다.

꽃다운 넋들에게 명복을 빌고 유족들 슬픔을 위로하고 싶다.

삶이란?

프랑스의 유명한 작가 '알베르 카뮈(1913-1960)'는 유명한 말을 남겼다.

"눈물 나도록 살아라.(Live to the point of tears)" '하루하루 최선을 다해 인생을 살라!'는 의미로 이 말을 했다고 하다.

우리는 아침에 잠이 깨면 매일 별생각 없이 하루를 맞는다. 오늘 하루는 당연하게 우리에게 주어지는 것이라고 생각을 했다. 어제도 그저께도 그러했듯이 하루하루를 별생각 없이 대충 살며 보냈다. 그러나 삶의 의미를 찾지 못하는 삶은 무기력하고 자기에게 닥치는 시련을 이겨 내기 쉽지 않다.

'내 삶의 이유'는 무엇일까?

오늘은 내 인생의 마지막 날이라고 생각하며 하루하루를 살아 보자. 오늘 하루는 내 인생에 다시 오지 않을 마지막 날이라고 생각하면 삶의 의미는 분명히 달라진다. 그동안 별생각 없이 보내던 하루를 대충 보낼 수는 없을 것이다. 오늘의 하루를 치열하게 살며, 가치 있고 의미 있게 살려 하고, 감사하는 마음으로 세상을 살고 싶은 마음이 생길 것이다.

독일 민요에 나오는 글의 내용이다.

"나는 살고 있다.
그러나 나의 목숨 길이는 모른다.
얼마나 오래 사느냐가 중요한 것이 아니라,
어떻게 살았느냐가 중요하고
몇 살인가가 중요한 게 아니라 얼마만큼 나잇값을 하며
올바로 살고 곱게 늙어가고 있느냐가 중요하다"

문제는 나잇값인 것 같다.

나이를 먹고 고희古稀를 넘기면 '추하게 늙고 싶지는 않다'라고 사람들은 말한다. 그러나 삶의 현실은 바람所望과는 다르다. 나이 예순이 넘고 일흔이 지나 여든이 되면서 외로워지고 자기 삶에 만족할 수 없는 사람이 많아진다.

'파우스트', '젊은 베르테르의 슬픔' 같은 대작을 낸 독일의 문호 괴테는 말했다.

노인의 삶은 건강, 일, 친구, 꿈이라는 네 개의 상실喪失이라고 표현한 것이다.

돈과 어떤 지위나 명예로도 병을 이길 수는 없다.

건강은 건강할 때 신경 쓰고 챙겨야 한다.

사람이 죽을 때까지 삶을 지탱해 줄 수 있는 요소는 '사랑과 일' 뿐이다.

노년의 가장 큰 적敵은 '외로움과 소외감'이다.

세상에서 누릴 수 있는 가장 큰 복은 '만남의 복'이라고 한다, 배우자와의 만남, 친구 간의 만남은 으뜸이 아닐 수 없다. 부부는 평생 동반자이고 친구는 인생의 동반자이기 때문이다. 진실하고 두터운 우정을 쌓는 사람은 건강하다. 아름답고 행복하게 살며 활기찬 인생을 살기 위해서 진실한 친구는 소중한 자산이다.

노인의 꿈이라면 삶을 향한 소망일 것이다. 꿈을 잃지 않기 위해 신앙생활이나 명상의 시간이 필요하다.

나이가 들수록 그동안 살아온 삶은 반추하며 자신을 성찰해야 한다.

세상에서 가장 소중한 선물은 바로 "오늘 하루"와 "현재"라고 한다.

우리의 삶도 오늘 현재가 가장 귀한 선물 같다. 삶이 끝날 때 후회나 미련이 적을수록 인생을 잘 살았다고 할 수 있다.

지금 내게 주어진 것은 오늘뿐, 내일을 오늘로 앞당겨 줄 수도, 지나간 어제를 끌어다 부활시킬 수도 없다.

바로 지금, 이 순간에 몰입沒入하라.

바로 지금, 이 순간이야말로 세상이 당신에게 주는 가장 소중한 선물이다.

세 치 혀

수렵문화 시대에는 화가 나면 돌을 던졌다.

고대 로마 시대엔 몹시 화가 나면 칼을 빼 들었다. 미국 서부 개척 시대에는 상대를 향해 총을 겨눴다. 현대에는 상대를 향해 '말 폭탄'을 던진다. 인격을 모독하는 막말이나 악필을 서슴지 않는다.

'세 치 혀가 사람 잡는다(죽인다)'라는 말이 있다.

세 치밖에 안 되는 짧은 혀라도 잘못 놀리면 사람이 죽게 되는 수도 있다는 뜻이다. 말을 함부로 해서는 안 됨을 이르는 의미다.

올여름 장마는 유난히 길고 호우피해도 크다.

수재 복구 일손 돕기 행사에 나갔던 국회의원이 말 실수를 했다.

행사 장면을 사진 찍으며 '비가 더 내렸으면 좋겠다!'라고 헛소리를 한 것이다. 인증 사진을 더 실감 나게 보이고 싶어 얼떨결에 한 농담이었을 것이다. 말을 많이 하는 직업 탓인지 정치인들은 말이 많고 설화舌禍도 그칠 날이 없다.

정당 대표인 한 정치인은 상대방에게 양두구육羊頭狗肉이라는 고사성어故事成語를 썼다. 간판에는 양 머리를 걸어 놓고 실제로는 개고기를 팔았다는 뜻이다.

정쟁 상대방을 비난하는 사자성어다. 겉보기만 그럴 듯하고 속은 변변치 못하다는 의미다. 얼굴은 착한 이미지 양의 탈을 쓰고 속내는 다르다는 저주성 말이다. 입에 발린 말만 일삼고 뒤로는 온갖 탈법과 부도덕, 그리고 위선적 행위를 서슴지 않는 게 오늘날 우리 정치인들이다.

말은 입 밖으로 나오면 허공으로 사라진다고 생각하기 쉽다. 그러나 말의 진짜 생명은 그때부터 시작된다.

우리가 쓰는 글文이 종이에 쓰는 언어라면, 말言은 허공에 쓰는 언어다. 허공에 뱉은 말은 지울 수도, 찢을 수도 없다.

말의 진짜 생명은 그때부터 시작이다. 한번 내뱉은 말은 자체의 생명력으로 공기를 타고 번식하는 것 같다. 디지털 문명 시대에 사람들은 정제되지 않은 말 폭탄을 예사로 던진다.

각종 SNS에서 마구 퍼붓는 비방과 인격모독 말 폭탄은 심각한 사회 문제가 되고 있다. 칭찬과 격려, 위로의 언어라면 얼마나 좋을까.

'화살은 심장을 관통하고, 매정한 말은 영혼을 관통한다.'는 스페인 격언이 있다. 화살은 몸에 상처를 내지만 험한 말은 영혼에 상처를 입힌다. 영혼에 상처를 입히는 막말은 상처가 더 크고 오래 갈 수밖에 없다.

옛사람들은 '혀 아래 도끼 들었다!'라고 말조심을 당부해 왔다.

동서고금을 막론하고 언행일치言行一致는 사람을 평가하는 보편적 진리이자, 가장 큰 덕목이었다. 성공하고 존경받는 사람들은 생각과 말을 행동으로 옮겼기 때문에 위대하다고 평가를 받는 것이다.

말은 사람의 품격을 측정하는 잣대라고 했다.

품격의 품品은 입구口자 셋으로 이루어진 글자다. 입을 신중하게 잘 놀리는 것이 사람의 품위를 가늠하는 척도다.

논어에서는 입을 잘 다스리는 것을 군자君子의 최고 덕목으로 꼽는다. 군자의 군君을 보면, 다스릴 윤尹 아래에 입구口가 있다.

입을 잘 다스리는 것이 군자라는 의미다. 세 치 혀를 잘 간수 하면 군자가 되지만, 잘못 놀리면 한순간에 소인으로 추락하는 것이다.

'더불어 말해야 할 사람에게 말하지 않으면 사람을 잃고', '더불어 말하지 말아야 할 사람에게 하면 말을 잃는다.'라는 공자 말씀은 많은 것을 생각하게 한다.

잘못된 언행으로 사람과 말을 잃어서는 안 된다.

오래 사는 것이 위험한가?

정치 계절이 다가오니 시국이 또 혼란스럽고 어수선해지는 분위기다.

박원순 전 서울시장 측 법률대리인인 정철승(51) 변호사는 문재인 정부를 비난한 원로 철학자 김형석(101) 교수에게 '이래서 오래 사는 것이 위험하다는 옛말이 생겨난 것'이라고 하였다.

'어째서 지난 100년 동안 멀쩡한 정신으로 안 하던 짓을 (정신이) 탁해진 후에 시작하는 것인지, 노화 현상이라면 딱한 일'이라고도 했다.

자기 편을 안 든다고 100세를 넘긴 한국의 대표 철학자를 '노망난 노인' 쯤으로 폄하한 것이다. 이것은 인간의 도리를 짓밟는 패륜 행위임에 틀림없다.

말도 많고 탈도 많은 광복회 고문 변호사이기도 한 그는 '고대 로마의 귀족 남성들은 자신이 이제는 공동체에 보탬이 되지 못한다고 생각되면 스스로 곡기를 끊어 생을 마감한다.'라면서, '적정 수명을 약 80세 정도가 그런 한도 선으로 생각한다.'라고 하였다.

김형석 교수는 작고한 안병욱, 김태길 교수와 더불어 우리나라 철학계의 삼대 태두三大泰斗시다.

김 교수는 북한 공산 정권을 피해 남한으로 오셨고 평생 교육과 학문에 정진하신 이 시대 어른이시다. 4·19 때는 민주화 투쟁을 하는 대학 교수단에 앞장서, 가두시위를 할 때 고생도 하셨다. 천수天壽를 다하시며 건강하게 지금도 저작 활동과 대중 연설도 하시며 많은 국민에게 존경을 받는 이 시대의 원로이시다. 변호사라는 한 지성인의 편견과 오만을 보는 것 같아 안타깝다.

춘추 전국시대 제나라 환공桓公이 재상 관중管仲과 함께 군사를 일으켜 고죽국 정벌에 나섰다.

전쟁을 끝내고 돌아 도던 중 눈보라 속에 길을 잃고 말았다. 진퇴양난에 빠져 오도 가도 못하고 군사들이 추위에 떨고 있을 때 관중이 나섰다.

늙은 말을 한 마리 끌고 와 고삐를 풀어 놓고 앞장세웠다. 말을 따라 가자 얼마 안 돼 큰 길이 나타나 군사들은 무사히 돌아왔다. 한비자 설림說林 편에 나오는 노마지지老馬之智의 고사인 것이다.

사실 세상엔 젊음의 패기와 열정만으론 풀어낼 수 없는 일들도 많이 있다. 디지털 시대에 노인이 설 자리는 점점 줄고 있지만, 노년의 지혜가 빛나는 경우는 얼마든지 있다. 거친 세상을 살아오면서 얻은 경험과 지혜가 무엇보다도 소중하다는 뜻이다.

세상에는 나잇값을 제대로 못 하는 늙은이도 적지 않고, 반면 나이답지 않게 어른스러운 젊은이도 많이 있지만, 일반적으로 인생은 그 연륜과 함께 성숙하는 것이 사실이다.

인간에게 장수는 무엇과도 바꿀 수 없는 축복이다.

정치권에서는 요즘은 하루가 멀다고 막말이 나와 국민 눈살을 찌푸리게 한다. 야권 대선 후보를 지지하는 예비역 장성에게 '똥별'이라고 비하하는 여권 정치인, 자기 마음에 안 든다고 국회의장에게 'GSGG(개**)'라고 욕하는 초선 국회의원, 잘못된 언론법을 비판한 원로 학자에게 언어폭력으로 패륜 행위를 서슴지 않는 친여권 변호사… 어지러운 이 시대에 패륜과 막말을 서슴지 않는 젊은 정치인들이 꼭 읽었으면 하는 시가 있다.

늙지 않는 사람 어디 있으랴(이 채)

늙어 보았느냐/ 나는 젊어 보았다
젊어 보고 늙어 보니/ 청춘은 간밤의 꿈결 같은데
황혼은 어느새 잠깐이더라.
지금은 젊고/ 아직 늙지 않은 사람들아
인생이란 반복이 없고/ 연습 또한 없으니
세월이 유수라고/ 시간을 물 쓰듯 낭비하지 마라
오용과 남용이 삶을 망치고/ 나태와 추태가 사람을 망치더라.
지금은 젊어도/ 언젠가는 늙을 사람들아

효도도 보고 배우는 것이니

좋은 것, 맛있는 것 있으면 자식보다 부모 먼저 건네어라

사람도 나무와 같아/ 뿌리를 섬겨야 잎이 무성하리.

늙는 것도 서러운데/ 늙어가는 것보다 서러운 것은

늙었다고 외면하고/ 늙었다고 업신여기고

늙었다고 귀찮아함이더라.

세상천지에 늙지 않는 사람 어디 있으랴.

우정友情과 행복

사람들은 모두가 행복하기를 원한다. 그러면서도 무엇이 행복인지는 잘 모른다. 열심히 행복을 찾지만, 행복이 어디 있는지 장님처럼 헤맨다.

행복이란 과연 무엇일까? 인간은 언제 행복할 수 있을까?

많은 철학자가 행복을 피력해 왔다. 신부나 목사, 스님들도 늘 행복을 이야기하고 있다. 우리가 잘사느냐, 못사느냐 하는 기준도 행복 여하에 달려 있다. 행복을 이야기할 때 우리는 먼저 자기 자신과 가족의 일을 생각한다. 이것이 행복의 기초 단위이기 때문이다.

행복은 어디서 어떻게 찾아야 하는가?

행복은 거창한 곳에 있는 게 아니다. 누가 내게 행복을 주거나, 내가 행복을 찾아가는 것이 아니다. 언제나 우리 생활과 삶 속에 있는 것이다. 일상생활 속에 '사랑'이 있는 곳에는 행복이 있다. 또 하나는 '감사'하는 마음속에서 행복을 찾을 수 있다.

감사하는 마음과 사랑을 베풀며 사는 사람은 행복한 인생이다.

인간의 삶이란 하늘이 주는 선물이라고 했다. 따뜻한 가슴을 잃지 않고 화해와 용서로 사랑하며, 감사하는 마음으로 세상을 살아갈 수 있으면 진정으로 행복한 사람이다.

사람들은 행복의 요소를 돈과 건강이라고 쉽게 생각한다. 그러나 노년에는 돈과 건강 못지않게 '친구'가 행복의 요소가 된다. 지금의 노인들은 출세하고, 돈 버는 일에만 열중하며 한평생을 살아왔다.

'재테크'보다 친구 사귀는 법(우테크)을 소홀히 해왔다. 친구란 배우자와 다른 또 하나의 반려자다.

인생에서 배우자와 의논할 수 없는 일을 친구와 상의하는 예도 있다. 나의 어려움에 뜨거운 눈물 한 방울 흘려줄 수 있는 친구가 한 명이라도 있으면 성공한 인생이라고 하는 사람도 있다.

명심보감에 나오는 이 글은 의미 있는 말이다.

"주식형제 천개유酒食兄弟 千個有
금난 지붕 일개무今難之朋 一個無
술 먹고 밥 먹을 때 호형호제 친구 많지만
급하고 어려울 때 도와주는 친구 없더라"

나이 들면 새로운 친구를 사귄다는 것은 불가능하다. 함께 고민도 할 수 있는 친구가 없으면 누구든 고독한 말년을 보내게 된다.

건강과 돈을 가졌다고 마냥 행복한 것은 아니다. 아리스토텔레스는 '불행은 누가 친구가 아닌가를 보여 준다'고 이야기했다.

‘성공은 친구를 만들고, 역경은 친구를 시험한다’라는 의미가 아니겠는가. 잘 나갈 때는 친구들이 구름같이 모여들지만, 몰락할 때는 썰물처럼 빠져나가는 게 세상인심이다.

인생 말년에 행복해지기를 원하는가? 그렇다면 ‘재테크보다 우테크를 잘하라’라고 했다.

삼강오륜에 참된 친구란 신의가 있어야 한다고 했다. 서로 믿고 의지하며 흉금을 털어놓고 이야기할 수 있어야 한다. 그리고 신의를 끝까지 지키는 친구가 참된 벗이다. 신의뿐 아니라 희생정신이 있어야 참된 친구다. 어려울 때 서로 도울 수 있어야 진정한 친구다. 특히 남자의 생애에서 우정은 결정적인 의미와 가치를 지닌다.

우리는 행복하기 위하여 정다운 친구가 필요하고, 가치 있는 삶을 위해서 참된 친구를 가져야 한다.

인생이란 무엇인가

러시아를 대표하는 대문호이며 노벨문학상 수상자인 솔제니친은 말했다.

"세상에서 단 한 권의 책만 가지라 하면 나는 주저 없이 이 책을 선택할 것이다"

그가 이 책 〈인생이란 무엇인가〉를 놓고 왜 이렇게 극찬을 아끼지 않았을까? 그 까닭은 바로 이 책이 인류 최고의 지성들과 정신적 교류를 맺어주고 있기 때문이다. 사상, 철학, 종교, 과학, 예술의 총체적 인생론을 우리에게 제시한다.

〈인생이란 무엇인가〉는 러시아의 문호 톨스토이의 작품이다.

인생과 진리 탐구에 온 생애를 바쳐 온 도덕적 저술가로 '전쟁과 평화', '부활', '이반 일리치의 죽음' 등 수 많은 작품을 남겼다.

나는 톨스토이의 소설 '안나 카레니나'를 읽다가 〈인생이란 무엇인가〉를 알게 되었다. 이 책은 톨스토이 생애 마지막 작품으로 15년 만에 집대성한 필생의 역작이다. 톨스토이의 인생과 사상이 일목요

연하게 집약된 묵상록 형식의 책이다.

1,220쪽 글을 1년 365일 일기체 형식으로 편집한 글이다. 2022년 1월 1일부터 12월 31일까지 매일 한 차례 그날의 글을 정독하는 게 내게는 하루 일과 중 하나였다.

아리스토텔레스, 칸트, 플라톤, 소크라테스를 비롯해 공자와 노자, 부처의 말씀이 나온다. 인도와 중국 속담, 탈무드, 아랍 전설에 이르기까지 동서양의 철학적 견해, 문화적 배경, 역사적 시기를 모두 아우르고 있다.

톨스토이가 내민 손을 잡고 그의 안내를 받으며 매일 매일 위대한 사상가들을 만나 지혜로운 이야기를 들은 셈이다.

〈인생이란 무엇인가〉는 일종의 일기장이자 동서양의 보석 같은 지혜를 옮겨 적은 명상 노트 같다.

톨스토이는 인간은 '지나가는 존재'임을 일깨우며 탈무드의 유명한 구절을 인용하여 적고 있었다.

"사람은 태어날 때는 세상이 모두 내 것이라는 듯 주먹을 쥐고 있지만, 세상을 떠날 때는 '보아라. 이렇게 빈손으로 가지 않느냐?'고 하듯이 손바닥을 편다."

한 해가 저무는 세모歲暮가 되면 왠지 허전하고 까닭 모를 상실감을 느끼게 된다.

이 책의 마지막 날, 즉 12월 31일의 화두는 '시간'에 대한 화두였다.

'시간'에 대해 탈무드, 파스칼 등의 말을 인용하였다.

'시간'이란 없다는 명제로 요약되었다.

시간이라는 건 없으며 오직 무한히 작은 현재만 있을 뿐이다.

그 현재 속에 인간의 삶이 있다고 했다.

현재는 이미 존재하지 않는 과거와 아직 오지 않은 미래의 접점이다.

'살아라. 오늘이 마지막 날인 것처럼'이라는 시를 떠올리며, 오늘(Present)은 선물(Present)이라고 해석하며 긍정으로 오늘, 지금을 살아간다. 오늘도 우리는 그렇게 지나간다.

지금 당장 이 세상에 작별을 고하지 않으면 안 되는 것처럼, 남겨진 시간을 뜻밖의 선물로 생각하고 살라고 하였다. 올해도 한 해를 보내는 그믐날 홀로 긴 시간 사색에 잠겨야만 했다.

인생은 지나가는 존재다.

우리가 이 세상을 사는 것이 아니라 이 세상을 지나가고 있다는 사실을 기억하라고 한다.

우리가 왜 '지금, 이곳'에 던져지게 되었는지 철학과 학문은 누천년 질문하고 고민했지만 결국 누구도 속 시원히 밝혀내지 못했다.

그 대답을 신에게서 찾는 것은 쉬운 방법일 터이다.

전도몽상顚倒夢想

시끄럽고 국민이 모두 피곤했던 20대 대통령 선거가 끝나고 마침내 정권이 바뀌었다. 20년 50년 정권을 놓지 않고 유지하겠다고 장담하던 정치인들의 뒷이야기가 궁금하다.

집권한 지 5년 만에 정권이 바뀐 가장 큰 원인 중 하나가 부동산 정책이었다. 사람이 안식처로 살아야 하는 집값이 하늘 높은 줄 모르고 치솟았다. 젊은이들 소원인 '내 집 마련의 꿈'은 산산조각이 났다. 인간을 비롯한 모든 동물은 자연 재난과 외침으로부터 스스로를 지킬 수 있는 안식처가 필요하다.

인간만 못한 날짐승들도 자기들 집을 가지고 있다.

반년 정도 살다가 버리는 것이 제비집이다. 제비는 자기 침을 뱉어 진흙을 만들어 집을 짓지만 때가 되면 집을 버리고 떠나가 버린다.

볏짚을 물어 오느라 입이 헐고 꼬리가 빠져도 지칠 줄 모르고 집을 짓는 게 까치다. 온 힘을 다해 집을 지은 까치도 일 년을 살다가 때가 되면 미련 없이 집을 버리고 떠나가 버린다.

만물의 영장이라는 인간은 어떤가?

사람은 행복한 삶을 위한 안식처로 집을 마련한다. 그러나 집이 너무 좋고 집안에 비싼 물건들이 너무 많으니 사람보다 집이 우선이다. 집이 안식처로 주거 개념이 아니라 재산 축적 수단이 되기도 한다.

사람이 집주인이 아니라 고대광실高大廣室 호화로운 집을 지켜야 하는 개 같은 신세가 된다. 이런 현상을 일컬어 전도몽상顚倒夢想이라 한다.

자신도 모르게 어느 순간 세상 이치가 거꾸로 바뀌는 현상이다.

전도顚倒는 엎어져 넘어진다는 뜻으로, 모든 사물을 바르게 보지 못하고 거꾸로 보는 것을 의미한다. 몽상夢想은 헛된 꿈을 꾸고 있으면서도 꿈인 줄 모르고 현실로 착각하는 것이다.

불교 경전 가운데 가장 많이 알려진 반야심경에서 유래된 말이다.

사람을 위해 돈을 만들었지만, 돈에 너무 집착해 인간이 돈의 노예가 된다. 몸을 보호하기 위한 옷인데 너무 비싸고 좋은 옷을 입으니 사람이 옷을 보호하는 꼴이다.

사람들은 전도몽상 속에서 세상을 알아가고 있는 것 같다.

행복을 곁에 두고도 늘 먼 데서 헤매며 찾아다니다가 지쳐 버린다. 나누면 반드시 행복이 온다는 지극히 평범한 진리를 알고도 실천하지 못한다.

유한한 인생이기에 사랑할 수 있는 시간도 한정되어 있지만, 시간이 얼마 남지 않았다는 걸 알면서도 사랑하지 못하는 바보 같은 현대인들이다. 힘들여 벌어놓은 재산 쌓아 놓기만 하고 써보지도 못한다. 자식들끼리 재산 싸움으로 갈라서게 만드는 부모들이 너무 많은 세상이다.

우리 인간은 왜 이렇게 전도몽상을 할까?

생각의 판단을 잘못하고 있기 때문이다. '완전 소유'란 이 세상 어디에도 없음은 이미 알려진 사실이다. 특히 자연을 완전히 소유한 생명체는 이 세상 어디에도 존재하지 않는다.

태어난 모든 생명체는 이 땅에 살아 있는 동안, 자연에서 모든 것을 빌려 쓰다가 떠나가는 나그네라고 했다.

우리가 이 세상 살아가면서 진정으로 소유해야 할 것은 결코 물질이 아니고 '아름다운 마음'이라고 한다. 사람의 마음속에서 얻는 것이 진정으로 귀중한 인간의 소유물이다. 행복하고 기쁨이 가득한 사람은 주위 환경과 인연을 긍정적으로 본다.

슬프고 불행하게 사는 사람은 주어진 환경과 인연을 부정적으로 보고 인식한다. 행복과 불행의 기준은 외부와 바깥에 있는 것이 아니라 '나 자신의 인식'에 달려 있다. 행, 불행이란 실제로 존재하기보다는 '내 마음의 선택' 일 것이다. 행복은 늘 내 곁에 있다.

전도몽상은 인간을 행복하게 할 수 없다.

행복은 언제나 먼 곳에 있는 것이 아니라 자기 마음속에 있는 것이며, 행복은 자기 자신이 결정하고 자기 스스로 창조하는 것이다.

정치 계절 단상斷想 <20대 대선>

1951년 10월 1일 영국의 일간지 '런던 타임스(더타임스)'는 "대한민국의 폐허 가운데서 건전한 민주주의 발전을 기대하느니보다 차라리 쓰레기통에서 장미꽃이 피는 것을 기대하는 것이 낫다."는 글을 썼다.

'더타임스'의 사설은 경상남도 거창군에서 발생했던 '양민학살 사건'을 배경에 두었던 것으로 알려졌다. 더타임스의 예상과 달리 70년 뒤 대한민국의 쓰레기통에서 장미꽃이 피었다. 그러나 '쓰레기통에서 발견되는 장미꽃은 향기 잃은 시든 장미뿐이다.'란 말이 뒤따라 허탈한 마음을 금할 수 없었다.

지금 우리나라는 절차적 민주주의는 웬만큼 이루어졌으나 아직도 민주 의식을 망각한 투표 형태는 장미를 꽃 피우기에 너무 이른 것 같다.

정치 계절을 맞아 우리나라는 지금 20대 대통령 선거를 하고 있다. 국내 모든 여론조사 매체는 국민 반수가 넘게 정권교체를 원하고 있는 것으로 발표하고 있다.

국민은 왜 정권이 바뀌기를 바라는 것일까?

나라 살림 잘하고 백성들 평안하게 해 달라고 대통령에게 국정을 맡겼다. 그러나 모 저명한 정치철학 교수는 '현 정권 5년'은 배반의 계절이고 도둑 정치의 계절이라고 말했다. 정의를 참칭僭稱한 '진보 귀족'과 불의不義가 국민을 괴롭혔다.

2017년 5월 10일 지금의 대통령 취임사는 보기 드문 미문美文이었다. 하지만 20대 대선을 치르며 그 취임사를 다시 읽어 보면 매우 고통스럽다.

대통령의 말과 행동이 너무 달랐기 때문이다.

'국민 모두의 대통령'이 되겠다고 했지만 5년 내내 '분열과 갈등의 정치'로 일관해 왔다. 국민에 대한 공약은 '한 번도 겪어보지 못한 나라를 만든 것'뿐이다.

권력의 위선과 무능함에 국민은 질리고 말았다. 천문학적인 돈을 뿌렸어도 민생은 파탄 상태다. 어용 언론과 친여 시민단체의 선전 선동에도 불구하고 대다수 국민은 정권교체를 바라는 것으로 나타나고 있다. '현직 대통령'을 끌어 내린 촛불 집회는 내전에 버금갈 만큼 대한민국을 두 쪽으로 갈라놓았다.

촛불을 '혁명'이라고 부르며 집권한 정부는 적폐청산, 역사청산에 몰두하느라 4차 혁명 시대에 국민의 먹거리는 만들어내지 못했다.

목소리 큰 집단, 소셜미디어로 조직된 졸속 여론이 청와대를 지배하고 의회 정치를 흔들자 부동산 참사, 안보 참사, 원자력 참사가 잇따랐다. 촛불에 올라탄 정치인들은 성폭행, 자녀 특혜, 뇌물 의혹에 떠밀려 사라졌다.

"박근혜 무덤을 파 아버지 밑으로 보내자!"라고 선동했던 그 정치인은 '단군이래. 최대 토건 비리' 의혹을 받는 사건의 중심에 있다. 이런 정치인이 현재 여권의 유력한 대선 후보다.

대통령은 국정 경험도 중요하지만, 인격과 정직성 국정철학이 최우선 덕목이다. '대장동 게이트'는 이번 대선의 최대 분수령이 될 것 같다.

임기 내내 탈원전을 부르짖던 대통령이 임기 말에 돌연 원전 복귀를 선언하니 국민은 어안이 벙벙할 뿐이다. 배우자들 부정과 비리 의혹은 물론이고 두 후보의 떳떳지 못한 과거 행적 때문에 이번 대선은 그 어느 때보다 비호감 선거라고 한다. 그러나 국정 실패 세력을 응징하는 건 민주국가 국민의 의무이고 책임이다. 수평적 정권교체로 썩은 물을 갈아 주어야 한다. 그것이 민주적 책임정치의 척도인 것이다.

우리 자신과 후손들은 물론 국가의 백년대계百年大計를 위해서 준엄한 심판을 해야 한다. 대한민국이 바른 미래로 나가려면 상처 입은 국민의 마음을 치유해야 할 것이다. 사회적 신뢰와 상식을 회복하고 정의와 공정을 살리는 것이 첫걸음이다.

'한국에서 민주주의를 기대하는 것은 쓰레기통에서 장미꽃이 피기를 열망하는 것과 같다.'고 한 외국 언론의 모욕적인 글이 머리에서 떠나지를 않는다.

천화동인天火同人

소한 대한 한파가 지나고 나니 극심했던 추위도 고개를 숙이는 듯하다. 2월 4일 입춘 절 입하면 임인壬寅년으로 해가 바뀐다.

작년 추석 무렵은 화천대유火天大有라는 말이 온 나라를 시끄럽게 했었다. 올해임인 년은 주역으로 천화동인天火同人의 해다.

화천대유와 더불어 천화동인은 '대장동 게이트'라는 단군 이래 최대의 토건 사업 비리의 중심에 있는 회사 이름이다.

임인 년 주역의 괘卦는 천화동인에서 택화혁澤火革이라고 주역의 대가 김석진(95세) 옹은 말씀하셨다. 국내 주역의 대가로 전국을 돌면서 가르친 제자만 무려 1만 명이 넘는다.

김 옹은 '주역은 점치는 책이 아니다. 지혜를 얻고 삶의 방법을 얻는 책'이라고 말한다. 주역은 '결정론적 운명론'을 말하지 않는다. 주역의 역易은 바꿀 역자다. 매 순간 끊임없이 변하고 돌아가는 세상과 우주를 담는다. 위로 천문天文을 보고, 아래로 지리地利를 살펴 천지자연의 법칙을 알아내고, 그 법칙을 인간에게 옮겨 생각하는 동양의 고전古典이다.

"올해는 천화동인에서 택화혁澤火革으로 변하는 괘가 나왔다. 이건 점을 쳐서 나온 게 아니다. 임인 년은 60년마다 돌아온다. 60간지干支에 의해 60년 전에 이미 정해져 있던 괘를 지금 말하는 거다. 다만 그것을 풀어내는 사람의 안목에 따라 읽어 내는 깊이가 달라진다.

임인 년은 천화동인 괘다. 내가 고른 게 아니라 이미 나와 있는 괘다.'

김옹의 말씀이다.

64개 주역의 괘에는 체體와 용用이라는 게 있다. 체가 몸뚱이라면 용은 팔다리다. 체가 바탕이고 용은 변화에 해당한다. 임인 년 바탕이 천화동인이라면 임인년의 변화는 택화혁이다.

천화동인은 하늘 천 불화다. 하늘 괘와 불 괘가 만나다. 이 괘의 핵심은 동인에 있다. 동인은 사람이 같이 무엇을 한다는 것을 뜻한다.

올해는 대통령 선거가 있어 정치권에서는 선거에 이합집산하며 동인同人하고 모두 유유상종한다. 또 코로나 시국에서도 동인同人한다. 유세장에서도 동인하고 코로나에 막혔던 사람들도 동인한다고 했다.

이 괘의 변화에 해당하는 택화혁 괘도 설명하였다.

천화동인에서 혁革 괘가 나온 것도 임의로 고른 것이 아니라 주역에 따른 것이다. 여기서 핵심은 혁革자다. 혁은 바꾸다, 개혁하다, 혁명한다는 뜻이다.

올해는 선거로 대통령이 바뀐다. 그런데 어떤 사람이 대통령이 되어야 하나. 택화역 괘에는 그런 선택의 갈림길이 있다. 택화역 괘에는 '군자는 표변豹變이요, 소인은 혁면革面이다.'라는 대목이 나온다. 군자는 표범처럼 바뀌는데 소인은 겉모습만 바꾼다는 뜻이다.

표범이 털갈이하는 것처럼 고통스러운 과정을 통해 스스로 진정한 변화를 이루는 게 군자다. 군자는 진실로 속마음까지 바꾼다. 속은 바꾸지 않고 화장과 낯빛만 바꾸는 건 소인이다. 그래 놓고서 다 바꾸었다고 거짓말한다. 대통령이 되려고 겉모습만 잘하는 척, 남에게 잘 보이려고만 한다.

대통령 선거에서 누구를 뽑을 것인가? 조금이라도 군자에 가까운 사람을 뽑아야 한다. 거짓말하는 사람, 속이는 사람, 좋게만 보이려 하는 사람, 바꾼다고 해 놓고 안 바꾸는 사람, 그런 혁면革面만 하는 대통령이 나오느냐, 표변豹變을 할 수 있는 대통령이 나오느냐 하는 기로에 서 있다.

화천대유 천화동인 주역의 괘는 하늘과 불로 상징되며, 하늘 높이 솟은 태양처럼 그렇게 크게 있다는 뜻이 있다. 인간이 태양의 높음을 보고 존귀와 위엄이 무엇인지를 깨닫고, 태양의 뜨거움에서 사랑과 정열을 배우게 된다. 부정과 비리 특혜의 요지경 속에서 일확천금을 한 두 회사는 주역의 진정한 뜻을 어겼다.

대통령이 될 수 있는 여러 조건 속에서도 가장 중요한 판단 기준은 소인배와 군자를 구분할 수 있는 현명한 지혜다. 군자와 소인이 아니라도 어느 쪽이 그에 가까운지 현명한 선택이 국운을 좌우하는 임인 년 주역 괘다.

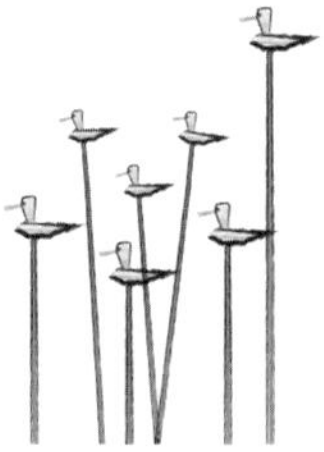

탈선脫線한 성직자들

배우와 타락한 성직자 그리고 부패한 정치인은 공통점이 있다.

모두가 쇼와 이벤트성 행사를 좋아한다. 뛰어난 연기력과 짙은 호소력 그리고 화려한 말로 대중들에게 지옥도 보여주고 천당도 선사한다. 이런 능력으로 사람들을 현혹하여 돈을 벌고 명성을 얻으며 인기와 권력을 즐기기도 한다. 그러나 이들 셋은 결정적으로 다른 점이 있다.

배우의 연기는 바로 예술이다. 없는 현실을 있는 것처럼 만드는 능력에 대중들은 환호한다. 그러나 썩어 빠진 종교인과 정치인의 연기는 사기에 불과하다. 부패한 정치인과 종교인에게 속아 넘어가면 재산 날리고 가정 파탄 나며 대형 사고가 발생한다. 심한 경우는 나라까지 망하게 한다.

종교인과 정치인을 대할 때는 연기를 하는 것인지 진실을 말하는지 간파看破하는 힘이 필요하다. 그 힘은 지식에서 나온다. 지식을 얻기 위해 우리가 책을 읽어야 하는 이유다.

성공회 신부 한 사람이 대통령의 동아시아 순방 정상회의 발언을 소개하며 "전용기가 추락하기를 빌어 마지않는다."는 글을 썼다.

"온 국민이 '추락을 위한 염원'을 모았으면 좋겠다.

우리가 동시에 양심을 모으면 하늘의 별자리라도 움직이지 않을까"라고 했다. 또 다른 천주교 신부도 대통령 부부가 전용기에서 추락하는 합성 사진을 올리고 '기체 결함으로 인한 단순 사고'였을 뿐 누구 탓도 아닙니다. '비나이다! 비나이다!'라고 썼다.

보통 사람들도 해서는 안 될 저주를 성직자라는 사람들이 공개적으로 했다. 정쟁에 빠져 제정신을 잃은 사람들이 신부 옷을 입고 광란의 춤을 추고 있는 것 같다.

1832년 '빅톨 유고'의 레미제라블이 기억난다.

굶고 있는 가여운 조카들을 위해 빵을 한 조각 훔친 죄로 '장발장'은 징역 5년을 선고받고 교도소에 간다. 네 차례 탈옥 시도와 실패 끝에 19년 형을 살고 나온다.

그는 전과자라는 과거 때문에 갈 곳을 찾지 못하게 된다. 절망적인 상황 속에서 '미리엘' 주교에게 숙식 받게 된다. 세상에 대한 증오와 원망이 가득했던 장발장은 밤중에 주교의 집에서 은 식기를 들고 도망을 간다. 헌병들에게 체포되어 미리엘 주교 앞에 선 장발장에게 주교는 말한다.

"아 당신이었군요! 당신을 다시 만나게 되어 다행입니다. 내가 촛대도 드리겠다고 했는데, 왜 그건 식기와 함께 가져가지 않으셨소?

촛대도 식기와 마찬가지로 은으로 된 것인데!"

주교는 촛대를 집어 장발장에게 주었다.

헌병들을 돌아가게 하고 미리엘 주교는 장발장에게 속삭이는 소리로 말했다. "장발장!, 나의 형제여, 오늘부터 당신은 악을 떠나 선의 나라로 들어가는 겁니다. 나는 당신의 영혼을 샀어요. 나는 당신 영혼 속의 암담한 생각과 파멸의 정신에서 끌어내어 하느님께 맡겼습니다."

우리는 지금 정치 경제 사회 종교 할 것 없이 모든 분야가 혼란과 무질서 속에 빠져 있다. 정쟁과 갈등 증오와 원망으로 나라가 위태로운 지경인 것 같다. 국가가 망하는 것은 외부의 침략이 아니라 내부의 갈등에서 비롯되는 것이 역사의 교훈이다.

상식과 정의가 설 자리가 없어지는 사회는 미래가 없다.

정치 개혁과 국민 각성이 절실한 시대다.

화천대유火天大有

추분이 지났고 이제 찬 이슬이 맺히기 시작하는 한로寒露다.

한로가 지나며 제비도 강남으로 가고 가을 곡식은 찬 이슬에 영근다. 절기가 바뀔 때마다 빠른 세월의 흐름에 한숨이 나온다.

금년 추석 한가위에는 '화천대유 하세요. 하는 인사말이 화제가 되었다. 화천대유는 지금 온 나라를 시끄럽게 하고 국민을 분노하게 하는 한 회사의 이름이다. 천화동인과 함께 화천대유는 주역周易 64괘卦 가운데 최고의 점괘占卦를 골라 지은 이름 같다.

주역이란 위로 천문天文을 보고 아래로 지리地利를 살펴, 천지자연의 법칙을 알아내고 그 법칙을 인간에 옮겨 생각하는 동양의 고전古典이다.

사서삼경 가운데 하나인 주역은 인간의 모든 문제를 64괘卦로 망라하여 설명하고 있다. 점괘라는 인식에도 불구하고 주역은 시종일관 논리와 체계 있는 서술로 인간의 모든 경우를 언급하고 있다. 단편적인 금언이나 즉흥적인 처세훈, 어느 일부분에 그치는 인생 문제의 처리와는 다르다. 찬란한 물질문명 속에 정신적 갈증을 느끼며 살아가는 현대인들이 읽어야 하는 '인간 수양서'다.

여권 대선후보 선두 주자가 성남 시장 시절 추진한 공영개발 사업이 발단이다. 공공이익 환수를 명분으로 추진했다는 '대장동 사업'이 단군 이래 최대 토건 사업 비리로 번지고 있다. 지분 50%를 가진 성남시(도시개발공사)가 전체 배당금 6,000억 원 가운데 1,829억 원(30%)을 가져가고, 화천대유 등 지분 7%를 가진 소수 민간 기업이 4,040억 원(70%)을 가져간 것이다.

개인 7명이 3억5천만 원을 투자하고 1,100배가 넘는 4,040억 원 배당금을 가져간 일확천금 미스터리는 도저히 상상도 할 수 없는 특혜다. 더구나 화천대유 등 민간 기업들은 급조되었거나 자격이 의심스럽다고 한다. 공영개발 명분을 내세우고 특정 개인 기업에 일확천금 특혜를 준 이 사건은 뒤늦게 수사 착수를 했다.

내년 봄 대통령 선거를 앞두고 '대장동 게이트' 사건은 정치권을 아수라장으로 만들고 있다. 우리나라 경제는 일류고 정치는 3~4류라는 비아냥거림은 어제오늘 일이 아니다. 여당 대선후보 선두 주자가 추진한 대장동 사업은 정치권으로 넘어가 엄청난 파장을 일으키고 있다.

선거가 얼마 남지 않은 지금 대통령이 되겠다고 나선 이들 면면을 보면 한심스러울 뿐이다. 정치를 오래 한 사람일수록 결점이 많고, 개인 범죄 기록이 있어도 여론조사 지지도가 높다. '내로남불'이나 거짓말을 하고도 부끄러워하지를 않는다.

최근 차기 대통령에게 요구되는 5가지 항목에 대한 설문 조사결과가 놀랍다.

공정한 국정 운영, 도덕성, 미래 비전, 추진력, 국민 소통 능력 가운데 도덕성은 4.9 %로 최하위로 나타났다. 오랜 세월 동안 계속된 정치 권력 세도가들의 파렴치한 행위가 국민에게 지도자의 도덕성에는 관심이 없어진 모양이다. 국정 운영만 잘하면 부도덕한 사람도 지도자 자격이 있다고 하는 생각은 위험하다.

인간사회의 질서는 실정법보다 윤리와 도덕이 먼저다.

우리의 주변은 지금 부정부패와 검은돈의 거래로 들끓고 있다. 탐욕이 생사윤회의 근본이라는 말도 있지만 모든 게 분수 밖의 욕심 때문에 나라 꼴이 이 지경 된 것 같다. 끼니를 이을 수 없을 만큼 가난한 처지라면 모르지만, 다들 번쩍거리면서 살 만큼 사는 사람들이 검은돈에 놀아나고 있으니 한심하다.

자기 분수와 명예를 목숨처럼 지키면서 꿋꿋하게 살아왔던 우리 선인들의 선비정신을 생각하면, 돈의 노예로 전락한 그 후손인 우리의 설 자리가 과연 어디일까 걱정이다.

공자는 인간의 품성에 따라 인격자인 군자, 그리고 비 인격자인 소인으로 구분하였다. 군자는 사적 이익보다 국가 사회의 이익을 우선하는 도덕적 인물이며, 소인은 자기의 이익에만 관심 있는 부도덕한 사람이다. 과연 도덕성이 낮은 소인배, 비인격적인 지도자가 국가를 빛내고 발전시킬 수 있을까? 선진국들 국가 원수는 '정직'이라는 도덕성을 가장 중요하게 생각한다.

화천대유라는 주역의 괘는 '하늘 높이 솟은 태양처럼 그렇게 크게 있다'라는 뜻이다. 인간은 태양의 높음을 보고 존귀와 위엄이 무엇인가를 깨닫고, 태양의 뜨거움에서 사랑과 정열을 배우게 된다. 부정과 비리 특혜의 요지경 속에서 일확천금한 화천대유는 주역의 진정한 뜻을 벗어났다.

민주국가 최고 권력자는 국민의 의식 수준을 반영한다. 인격자가 많은 사회에서 부패한 지도자가 나올 수는 없다. 아수라장 같은 지금의 정국을 넘어 탄생할 내년의 선거 결과도 마찬가지다. 모든 국민은 겸허한 마음으로 자신을 돌아봐야 한다. 소인배보다는 군자에 가까운 인물로 선택하고 국운이 융성하기를 기원해야 한다.

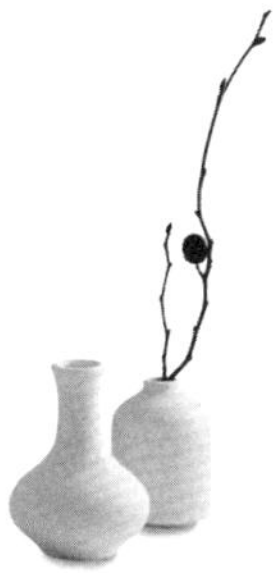

한가위 풍속

도시로 떠났던 자식들이 자가용 승용차를 몰고 고향으로 돌아온다. 그 자식의 자식들까지 한데 모여 시골집은 오래만에 떠들썩해진다. 지켰던 제기祭器를 꺼내 매만지고, 병풍을 손질하고, 정성껏 차린 제상 앞에서 다들 손을 가지런히 앞으로 모은 모습들이 정겨워 보인다.

익숙하고 전형적인 명절 풍속이었지만 지금은 갈수록 보기 힘들어지는 풍경이기도 하다. 부뚜막과 안 뜨락에서는 명절 채비를 하시던 할머니 어머니 등 집안 아낙들의 분주하던 모습들이 아련하다.

맑은 밤하늘에 휘영청 떠오른 둥근 달을 머리에 이고 뒤꼍 장독대에 정화수를 떠 놓는다. 가족과 집안의 안위安慰를 빌며 정성을 들이시던 어머니 모습이 지금도 눈에 어른대는 것 같다.

세월 가고 시간이 흐르면서 추석 명절 풍경도 변해 가는 게 눈에 보인다. 차례를 지내지 않는 집이 늘어나고, 고속도로가 귀성 차량으로 붐비듯 공항이 해외 여행객들로 북적인다.

전대미문의 '코로나' 탓에 이제는 아예 모이지 않고 만나지 않는 것이 미덕인 세상이다. 가족이 모이지 않는, 정확히 말해 모이지 말라는 '비대면 명절'은 그동안 우리가 상상도 못 했던 일이다. 금년 추석은 세 번째 맞는 비대면 명절로 이어지고 있다.

'뭉치면 살고, 흩어지면 죽는다'라는 경구警句는 우리나라 건국 대통령이 국민 단합을 호소한 말이었다. 그런데 지금은 '뭉치면 죽고, 흩어지면 산다'라는 세상이 되어 가고 있다.

경험이 반복되면 습관이 되듯 명절 풍속도 이제는 바뀌고 있다. 가족의 모임을 억제한다고 식구들이 안 모여도 되나 고심했지만, 올해는 생각이 바뀌었다.

정부가 권장하는 '비대면 추석'이 자연스럽고 평안하게 느껴진다. 이미 국민 대다수가 비대면 명절에 빠르게 적응하는 것 같다. 추석 선물을 택배로 보내고, 명절 인사는 문자나 SNS 매체를 이용한다.

지자체가 앞장서 벌초 대행 서비스와 온라인 성묘를 권장한다. 벌초한 산소를 영상으로 둘러보며 성묘를 대신 해도 별로 가책이 느껴지지 않는다. 택배로 배송된 제수로 상을 차리고 '랜선 차례'(현실 공간이 아닌 온라인상을 비유적으로 이르는 말)를 지내는 것도 거부감이 별로 없는 것 같다. 풍속이란 이처럼 어떤 계기가 되면 거부감 없이 바뀌게 마련이다.

계속되는 '코로나 팬데믹'은 이렇게 명절 풍속을 바꾸어 놓고 있다.

비대면 명절에 대해 일각에서는 한탄과 걱정의 목소리가 역시 높다. 이러다가는 가족이 해체되고 가족 간의 사랑도 식어갈 것이라는 걱정이다. 그러나 실제로 비대면 명절로 가족이 해체된다는 것은 기우인 것 같다. 오히려 가족 문제와 관련해선 긍정적 신호가 있다고 한다. 코로나 발생 이전에는 '명절증후군' 이혼이라는 게 있었다. 명절만 되면 주부들은 심신의 고통을 호소하고, 고통이 지나쳐 이혼과 가족 해체로 치닫는 악순환이 일어났던 것도 사실이다.

'조상을 기리고, 가족 간 우애를 쌓는다'라는 아름다운 명분 뒤에서 여성들은 노동으로 내몰리고, 오랜만에 만난 가족 간 갈등이 증폭되는 명절의 역기능도 분명히 존재하는 게 사실이다.

흔히 세시풍속을 얘기할 때면 역사와 전통을 들먹이지만, 실제로 풍속은 시대의 변천에 따라 저절로 바뀌는 것이다.

'코로나 19'는 우리의 명절 풍속을 새로운 차원으로 바꾸는 분기점이 될 것 같다. 계속되는 비대면 명절이 지금 같은 비상시국에만 반짝했다가 사라질 것 같지는 않기 때문이다.

주부들의 제사와 노동으로부터의 해방은 더 강하게 요구될 전망이다.

사람 살아가는 모습은 늘 바뀌고 인류문화도 계속 변해왔다. 변화를 '좋다'거나 '나쁘다'라고 평가할 수 없고 그럴 필요도 없다. 지금 우리가 해야 할 일은 가슴을 열고 변하는 것은 변한대로, 흘러가는 것은 흘러간 대로 받아들이며 새로 시작될 명절을 더 즐겁고 행복하게 만드는 데 있을 것이다.

온 가족이 다 모여야 한다는 강박에서 벗어난 명절, 가족들의 여유로운 개인 생활을 존중하는 방식, 가족 간 새로운 소통 방식을 만드는 일.

새로운 명절 풍속은 누군가의 헌신에만 기대지 않는 모두가 즐거운 모임이 되었으면 좋겠다. 사랑과 정이 바탕인 우리의 전통 가족제도는 절대 해체되지 않을 것이다. 왁자지껄한 모임이나 화려한 차례상이 명절의 본질은 아니다.

50년 100년 전의 밝고 둥근 달이 그대로이듯 우리의 한가위도 가족 간 사랑과 정으로 영원하여 갈 것이다.

나를 찾아가는 길
이황연 다섯 번째 수필집

초판 1쇄 인쇄 | 2023년 4월 20일
초판 1쇄 발행 | 2023년 4월 30일

지 은 이 | 이황연
펴 낸 이 | 노용제
펴 낸 곳 | 정은출판

출판등록 | 2004년 10월 27일
등록번호 | 제2-4053호
주　　소 | 04558 서울시 중구 창경궁로 1길 29 (3층)
대표전화 | 02-2272-9280
팩　　스 | 02-2277-1350
이 메 일 | rossjw@hanmail.net
홈페이지 | www.je-books.com

ISBN 978-89-5824-482-0 (03810)